Sur la pointe des pieds

Sur la pointe des pieds

TERRY MORRIS

traduit de l'anglais par
Dominique Chauveau

ÉDITIONS HÉRITAGE
MONTRÉAL

Données de catalogage avant publication (Canada)

Morris, Terry

 Sur la pointe des pieds

 (Coeur-à-coeur)
 Traduction de: On your toes.
 Pour adolescents

 ISBN 2-7625-3097-0

 I. Titre. II. Collection.

PS3563.O7705914 1988   j813'.54   C88-096260-7

On Your Toes
Copyright © 1984 by Terry Morris
Publié par Scholastic Book Services,
une division de Scholastic Magazines, Inc.

Version française
© Les Éditions Héritage Inc. 1988
Tous droits réservés

Dépôts légaux: 2e trimestre 1988
Bibliothèque nationale du Québec
Bibliothèque nationale du Canada

ISBN: 2-7625-3097-0 — Imprimé au Canada

LES ÉDITIONS HÉRITAGE INC.
300, Arran, Saint-Lambert (Québec) J4R 1K5
(514) 875-0327

CHAPITRE UN

Lucie Richard arrivait tout juste chez elle lorsque le téléphone sonna. Elle courut répondre. En entendant l'accent irlandais à l'autre bout de la ligne, elle sut tout de suite que c'était monsieur O'Sullivan. Hum… mauvais signe !

— C'est toi, Lucie? Ici monsieur O'Sullivan. C'est au sujet de Jeff. Il est encore ici, à la fourrière.

Cette fois-ci, son incorrigible setter anglais avait été ramassé parce qu'il vagabondait à quatre kilomètres de chez lui et faisait la cour à une femelle du voisinage.

— J'ai eu plusieurs plaintes. Jeff faisait trop de grabuge… j'ai dû le ramasser.

Lucie étouffa son rire. Pauvre O'Sullivan ! Il détestait enfermer les animaux et Jeff, encore plus que les autres.

— Bien sûr, je comprends, répondit-elle. Je vais venir le chercher le plus tôt possible.

Lucie était revenu chez elle tout de suite après son cours de danse, sans prendre le temps d'enlever son collant. Une heure et demie de travail à la barre sous la supervision de madame Nadja ne la faisait pas seulement transpirer, mais rendait chacun de ses muscles douloureux comme si ses huit années de danse ne comptaient pas.

— Le corps d'un danseur est son instrument, répétait sans cesse madame Nadja. Tu dois le maîtriser parfaitement.

Toutes ces douleurs et ce dur travail étaient vite oubliés lorsqu'elle dansait. Une seule chose lui importait plus que tout au monde. Madame l'avait choisie pour concourir lors des auditions qui se déroulaient vers la mi-mai. Le prix était un stage d'été de trois mois à New York. Madame avait bien précisé que les gagnants ou les gagnantes n'étaient pas systématiquement sélectionnés pour devenir apprentis ; par contre, tous ceux qui avaient été choisis auraient la chance de devenir membre d'un corps de ballet. Pour Lucie, qui avait seulement seize ans, le fait de concourir pour ces auditions était la plus grande chance de sa vie et elle avait décidé de gagner.

Lucie alla dans sa chambre. Elle laissa ses cheveux blonds retomber en cascades sur ses épaules, puis se regarda d'un oeil critique dans le miroir. Lorsqu'elle avait commencé ses leçons de danse, à huit ans, elle était plutôt grassouillette, et, comme le disait si souvent sa mère, l'entraînement rigoureux qu'elle avait suivi l'avait modelée tout comme la pâte est façonnée par le pâtissier qui la pétrit.

Elle mesurait un mètre cinquante-cinq et, sur la pointe des pieds, gagnait environ huit centimètres. Elle était donc juste de la bonne grandeur pour danser avec la plupart des garçons. Son dos était très droit, son cou et ses jambes très allongés, sa poitrine petite et ferme, son ventre plat comme une planche. Elle n'avait pas un gramme de graisse en trop.

En se regardant de plus près dans le miroir, elle constata pour la énième fois qu'il était heureux qu'une ballerine n'ait pas à être belle, ni même jolie. Des photographies de danseuses très connues, entre autres Cynthia Gregory et Suzanne Farrell, ses idoles, décoraient les murs de sa chambre. Aucune d'elles était aussi belle que les mannequins des revues de mode. Cependant, toutes avaient de grands yeux, des pommettes saillantes, un menton volontaire et des lèvres charnues. Lucie savait qu'en vieillissant, cette description lui conviendrait aussi.

Lucie se doucha en vitesse, noua ses longs cheveux en une queue de cheval, se glissa dans un jeans et un T-shirt, mit un peu de rose sur ses lèvres et sortit.

Elle prit trois dollars dans le portefeuille de sa mère pour payer la fourrière.

— J'espère que Jeff ne prendra pas l'habitude de se faire ramasser par la fourrière, avait dit son père la première fois que cela s'était produit. Ça peut finir par coûter cher.

Lucie décrocha la laisse de Jeff au passage. Plus elle y réfléchissait, plus elle était sûre que le chien était dans la maison lorsqu'elle était partie à l'école. Comment faisait-il pour toujours réussir à sortir quand il le voulait? C'était un mystère que plus personne ne cherchait à résoudre.

La fourrière était à environ un kilomètre de la rue principale, dans un grand champ entouré d'une clôture en fil de fer barbelé. Dans une cage immense, des chiens tournaient en rond, se chamaillaient et aboyaient ; dans une autre cage, des chats perdus ou abandonnés dormaient enroulés sur eux-mêmes ou allaient à pas lent comme s'ils pourchassaient une proie.

Monsieur O'Sullivan regarda par-dessus ses papiers.

— Tu sais, Lucie, que tu peux avoir des problèmes. Des gens peuvent porter plainte contre Jeff en tant que nuisance publique.

Il prit les trois dollars que lui tendait Lucie et fit un reçu.

— C'est bon, dit-il en voyant l'air préoccupé qu'affichait Lucie, j'ai seulement dit que ça pouvait arriver. Essaie juste de ne pas laisser Jeff en liberté.

— Je ne le laisse pas, protesta Lucie. Il lui prend soudain l'envie de s'échapper et on dirait que rien ne peut le retenir. Mais c'est un bon chien, monsieur O'Sullivan, vous le savez.

— Très bien, dit-il d'un ton apaisant. Je vais demander qu'on te l'apporte.

Monsieur O'Sullivan ouvrit la porte derrière son bureau.

— Denis, cria-t-il, amène le setter ici. Assure-toi de bien le tenir, c'est un diable, celui-là !

Jeff lutta jusqu'au bureau, mais Denis le tenait

10

bien en main. Lucie observa discrètement le jeune homme et un léger frisson la parcourut. Il était plutôt grand et mince, alerte et souple.

Elle ne put rien remarquer d'autre parce que Jeff se précipita sur elle, lui faisant perdre l'équilibre. Lucie le caressa derrière les oreilles et parvint à le calmer.

— Il a du tempérament, dit Denis en riant. Tu l'as depuis longtemps?

— Environ trois ans.

Lucie prit alors le temps de le regarder. Son visage était aussi mince que le reste de son corps. Il avait un nez droit, plutôt proéminent, une bouche bien formée et des cheveux noirs courts et frisés. Ses yeux, couleur noisette, étaient définitivement ce qu'il avait de mieux. Les cils étaient épais et les sourcils bien fournis. Elle se rendit compte soudain qu'elle le dévisageait et se dépêcha de tourner la tête, faisant mine d'être très occupée à attacher la laisse de Jeff.

Monsieur O'Sullivan donna une tape sur l'épaule de Denis.

— Je vais voir comment se porte le caniche, celui qui a été renversé par une voiture.

Lorsqu'ils furent seuls, Lucie et Denis se mirent à parler ensemble, s'arrêtèrent, attendirent que l'autre parle et se remirent à parler ensemble.

— Je vais compter jusqu'à trois, suggéra Denis, et ce sera à toi de parler.

— Tu es nouveau ici. Depuis quand y travailles-tu?

— Depuis environ six semaines. J'ai eu ce travail en janvier, après avoir terminé mon cégep. Je ne suis pas d'ici.

— Je me demande pourquoi monsieur O'Sullivan n'a pas engagé quelqu'un de la région, ne put s'empêcher de remarquer Lucie en le regrettant aussitôt.

Denis secoua la tête et parut s'amuser.

— Merci bien! Je suis content que monsieur O'Sullivan ne raisonne pas comme toi. J'ai vraiment besoin de ce travail et comme j'avais déjà travaillé dans des cliniques vétérinaires les deux derniers étés, monsieur O'Sullivan a pensé que j'étais le plus qualifié de ceux qui avaient posé leur candidature pour ce poste. J'essaie d'économiser le plus possible avant d'entrer à l'université en septembre. J'espère être accepté en médecine, et ça coûte très cher.

— Je suis désolée de ce que je t'ai dit. Je suis contente que tu aies ce travail, vraiment contente, dit Lucie en rougissant.

Elle eut soudain l'impression qu'elle cherchait à se faire inviter à sortir et rougit de plus belle. Qu'avait-elle? Jeff se mit à tirer sur sa laisse. Elle profita de cette occasion pour mettre fin à la conversation.

— Je dois partir, dit-elle, avant que Jeff ne m'arrache le bras.

— J'ai presque fini mon travail, remarqua Denis en regardant sa montre. Je vais demander à monsieur O'Sullivan si je peux quitter maintenant... je pourrai te reconduire chez toi si tu le veux.

Leurs regards se croisèrent et il se passa quelque chose entre eux. Il était inutile de le nier.

— Je reviens tout de suite, ajouta Denis en sortant à la recherche de monsieur O'Sullivan.

Sa voiture était un cadeau d'un de ses frères mariés. Denis avait dépensé beaucoup de temps et d'énergie pour la réparer. Lucie la trouva petite, mais très propre. Jeff sauta sur le siège arrière, s'étendit de tout son long et tomba immédiatement endormi.

— Quand auras-tu terminé ton cégep? demanda Denis tout en conduisant.

— Peut-être jamais, répondit-elle.

Si elle gagnait à l'audition et si elle faisait un stage à New York, elle ne terminerait sûrement jamais ses études de collégial, du moins pas ici.

Denis fronça les sourcils.

— Qu'est-ce que tu veux dire?

Elle le lui expliqua en retournant plusieurs années en arrière, lorsque, vers l'âge de dix ans, elle avait réalisé que la danse serait toute sa vie.

— Je pense que c'est difficile à comprendre pour quelqu'un qui n'a jamais vécu ce que je ressens, mais ce sera toujours comme ça pour moi et rien ne pourra m'arrêter.

Denis resta si longtemps silencieux après qu'elle lui eut parlé des auditions qu'elle se demandait s'il s'était ennuyé. Si tel était le cas, ils n'avaient vraiment rien en commun, et elle ferait tout simplement une croix dessus lorsqu'elle lui dirait au revoir. Quand Denis s'arrêta devant chez elle, Lucie chercha la poignée pour ouvrir la portière.

— Merci de m'avoir reconduite, dit-elle poliment avant de sortir.

Denis l'empêcha de sortir.

— Attends, Lucie. Tout ce que tu m'as dit me fait penser à tant de choses que je ne sais vraiment pas quoi dire. Je n'ai jamais rencontré quelqu'un d'aussi déterminé que toi face à un but presque impossible.

Elle se tourna et le regarda.

— Impossible? Je ne le pense pas. Difficile, oui. Mais je suis prête à faire tout ce que je peux, peu importe ce que ça prend pour réussir.

— Ce que je veux dire c'est que… Combien y a-t-il de ballerines au monde, Lucie?

— Je croirais entendre mes parents! s'exclama Lucie en éclatant de rire. Pour eux, le ballet est un bon passe-temps et ils ont dépensé beaucoup d'argent pour mes cours et mes vêtements. Quand je leur dis que tout ce que je veux, c'est de faire de la danse une profession, ils essaient de m'en dissuader ou bien ils me disent que je vais changer d'avis avec le temps.

David sourit.

— Une chose est certaine, Lucie, dit-il. Je veux être ton ami. Es-tu d'accord? Je suis prêt à te soutenir jusqu'au bout.

— C'est beaucoup mieux comme ça. Oh! autre chose, Denis. Je vais travailler sans relâche jusqu'aux auditions à partir de maintenant. Nous n'aurons pas beaucoup de temps pour nous.

— Je comprends, mais, s'il te plaît, donne-moi un peu de ton temps dès que tu le pourras.

— D'accord.

Lucie descendit de la voiture et Denis alla ouvrir la porte arrière. Jeff sauta en bas, secouant joyeusement la queue.

Denis fouilla dans une des poches de sa veste et en sortit un biscuit en forme d'os.

— Pour toi, Jeff. Et encore merci.

— Ne l'encourage pas, Denis. Tu vas voir, il va retourner à la fourrière de son plein gré pour te rendre visite.

— C'est ce que j'espère, Lucie, répondit Denis en riant. Devine qui devra venir le chercher?

CHAPITRE DEUX

Il restait moins de trois mois avant les auditions. Lucie ne prenait pas seulement des cours de ballet deux fois par jour, mais, en plus, elle suivait des cours privés avec madame Nadja pour préparer son solo, un extrait de *Casse-Noisette*. Enfant, elle avait joué le rôle de la fée dragée, et le costume qu'elle avait porté lorsque madame Nadja avait donné une représentation pour les familles des étudiants était toujours dans son armoire en guise de porte-bonheur. Elle se rappelait comment, après l'avoir passé, elle avait fait des pirouettes devant le miroir et s'était vraiment senti l'âme d'une danseuse : fière, sûre d'elle et remplie de joie.

— Ça c'est pour moi ! avait-elle annoncé à ses parents radieux et à son petit frère Thierry qui, pour une fois, la prenaient au sérieux.

Elle n'avait jamais changé d'idée et ne changerait jamais. Jamais.

— Tu as la passion de la danse, Lucie, avait dit Madame. C'est la base pour danser, mais ce n'est pas assez. Tu dois aussi travailler sans relâche.

Madame avait déjà vécu ce qu'elle prêchait. Dès son plus jeune âge, elle avait été prise en charge par les ballets de Kirov de Moscou qui, depuis des générations, avaient formé les meilleurs danseurs, y compris Mikhail Baryshnikov.

— Nous vivions à l'école, Lucie, avait raconté Madame, et tout ce que nous faisions, les repas, le sommeil, les cours, les jeux, était surveillé dans les moindres détails. Le fait d'être choisi dans cette école était un tel honneur que nous ne remettions jamais en question la discipline. Nous espérions juste être suffisamment qualifiés pour réussir.

Aujourd'hui, madame Nadja était dans la quarantaine avancée et elle était toujours fidèle à la tradition. Elle refusait d'appeler Lucie « Lulu » et voulait que celle-ci l'appelle « Madame ». Elle portait ses longs cheveux noirs tressés en couronne sur la tête. Son armoire était pleine de vêtements brodés, de châles, de bijoux, de turbans, de souvenirs de Russie et de ses nombreux voyages.

Lorsqu'elle feuilletait l'album de photographies de Madame, montrant qu'elle avait dansé de grands ballets comme *Giselle, Coppelia et la Belle au bois dormant*, Lucie se demandait comment il se faisait que Madame ait tout abandonné pour venir enseigner dans une petite ville comme la leur.

— Ma chère Lucie, avait expliqué Madame en éclatant de rire, on n'abandonne pas la danse, la danse t'abandonne. Le corps, même s'il est parfaitement bien entraîné, finit par refuser d'obéir. Après tout, ce que nous faisons, nous, danseurs, c'est d'obliger notre corps à faire des choses qui ne lui sont pas naturelles.

— Ça, je le sais ! s'exclama Lucie.

Le travail à la barre devant un mur de miroirs était nécessaire pour assouplir et tonifier chacun des muscles. Le cours commençait toujours par des pliés, des tendus et des ports de bras pour améliorer les mouvements des bras. Sans oublier les ronds-de-jambe où les jambes décrivaient l'une après l'autre un cercle soit dans les airs soit au sol, et les arabesques. Pendant qu'elle faisait tous ces exercices en se regardant attentivement dans le miroir, Lucie se désespérait parfois d'atteindre le plus bas échelon de l'échelle de la perfection. D'autre fois, il lui semblait qu'elle y arriverait si elle travaillait suffisamment fort. Il se passait peu de nuits sans qu'elle ne soit obligée de masser les muscles de ses jambes ou de les empêcher de s'enkyloser en mettant des chauffe-jambes.

Lorsque le travail à la barre était terminé et qu'elle était seule dans le studio avec Madame, elle oubliait ses pieds pleins d'ampoules et ses orteils en sang. Elle avait l'impression de s'exprimer entièrement quand elle dansait et se lançait dans les jetés, les glissades et les entrechats de son solo.

— Encore, Lucie, insistait Madame. Encore une fois, saute plus haut. Rappelle-toi que tu es une créature de la lumière et de l'air, pas de la terre !

Chaque répétition l'amenait de plus en plus près du but. Lucie était reconnaissante à Madame de la pousser à se dépasser, car elle voulait retirer le plus possible de son expérience et de sa compétence.

— Tu ne dois montrer aucun effort, Lucie, et ne laisser paraître que ta joie.

Madame, qui était encore très souple et gracieuse, lui montrait parfois certains mouvements, mettant l'accent sur le port de tête, un mouvement des bras ou toute autre subtilité qui faisait la différence entre l'élève et l'artiste.

— La technique ne suffit pas, expliquait Madame. Pendant les auditions, les juges sauront dès tes premiers mouvements à quel point tu en es. Mais ils étudieront d'aussi près ta présence sur scène, ton assurance et, comme tu le dis toi-même, ton énergie. Sans tout cela, tu ne seras jamais danseuse professionnelle.

Madame était toujours très réservée. Les seuls compliments qu'elle faisait étaient de dire que c'était bien ou que telle chose était bien faite. Jamais plus. Mais, un jour, Madame amena Lucie dans son bureau et lui montra une grande boîte blanche.

— Ouvre-la, Lucie, dit-elle. Je veux que tu l'essaies pour moi.

C'était le costume que Madame avait porté pour jouer *Casse-Noisette*. Lorsque Lucie plaça le costume devant elle, une odeur de violette l'enveloppa.

Beaucoup trop émue pour parler, les yeux de Lucie se remplirent d'eau. Elle savait ce que Madame attendait d'elle. *Je le mériterai, Madame*, se dit-elle. Elle posa précautionneusement le costume sur le dossier de la chaise et jeta ses bras autour du cou de Madame, puis se recula et fit une gracieuse révérence pour la remercier.

— Je ne peux pas y croire! s'exclama Lucie en retirant son collant. Votre costume!

Madame sourit.

— Si j'avais eu une fille, dit-elle les yeux humides, j'aurais aimé qu'elle te ressemble!

Madame se laissait rarement aller à exprimer ses émotions et elle se dépêcha d'examiner les retouches qu'il faudrait faire.

— Le haut est un peu trop grand, dit-elle, mais c'est toujours plus facile de rapetisser que d'agrandir. La taille aussi devra être retouchée.

Autrement, tout était parfait et Lucie alla dans le studio faire quelques pas de danse devant le miroir.

Madame regardait sa protégée avec fierté. *Elle réussira*, pensa-t-elle, *Oh, oui, elle réussira*!

— Tu dois aussi apprendre à te maquiller pour camoufler les traces de fatigue, expliqua Madame. Viens, je vais te montrer.

Elles retournèrent dans le bureau de Madame. Lucie enleva le costume et s'assit devant le miroir éclairé.

— On doit toujours commencer avec une peau propre, dit Madame en trempant une boule d'ouate dans de l'huile pour bébé.

Elle passa l'ouate sur le visage et sur la gorge de Lucie et essuya avec une serviette.

Fascinée, Lucie regardait sa transformation sous les mains habiles de Madame. Ses yeux semblaient deux fois plus grands et presque violets. Ses cils étaient épais et longs et ses sourcils bien dessinés, lui donnant un air fier et hautain. La petite bosse sur son nez avait miraculeusement disparu, ses joues étaient plus rondes et ses lèvres bien remplies. Même son menton n'était plus aussi carré.

Ensuite, Madame la coiffa.

— Tu dois mettre en valeur ton long cou mince et ton dos droit, sans toutefois que ce soit trop sévère, dit-elle en faisant retomber quelques mèches de cheveux autour de la figure de Lucie.

— Comment te trouves-tu? demanda-t-elle en l'examinant.

— Merveilleuse! s'exclama Lucie. Je me sens merveilleuse!

— Et tu l'es aussi, dit Madame avec douceur. Si tu te sens merveilleuse, tu danseras merveilleusement bien!

CHAPITRE TROIS

Dès qu'elle sortait du studio de danse, Lucie revenait à la dure réalité, essayant d'équilibrer son horaire d'étudiante à temps plein au cégep, ses cours de danse deux fois par jour et ses cours privés avec Madame.

— Vraiment, Lucie, avait fait remarquer son père au souper, je n'arrive pas à voir comment tu pourras réussir ta session, si tu continues comme ça.

Sa mère, elle, s'inquiétait beaucoup moins pour sa réussite scolaire que pour sa santé.

— Si tu ne te nourris pas bien, dit-elle, où vas-tu trouver ta force? Tu ne peux pas être plus mince que tu l'es, mais tu dois fournir une bonne alimentation à ton corps si tu veux tenir le coup.

— S'il vous plaît, leur dit Lucie trop fatiguée pour discuter, ne vous inquiétez pas tant à mon sujet. Je vais très bien. J'aurai de bonnes notes, je mange autant que j'en ai besoin et tout ira bien. Attendez, vous verrez.

Quel discours, et elle y croyait presque. Elle avait réellement envie d'arrêter ses cours au cégep, mais ses parents seraient furieux et elle ne pouvait pas vraiment leur en vouloir. Après tout, elle leur avait fait la promesse de ne pas laisser la danse prendre le dessus sur son travail scolaire. Et il était normal qu'elle tienne parole. Eux respectaient leur promesse en payant toutes les dépenses supplémentaires que ses cours de ballet exigeaient. Ils n'étaient pourtant que de simples travailleurs au même titre que beaucoup d'autres.

— Je parie que je pourrais avoir un nouveau bâton et un nouveau gant de baseball si papa et maman ne prenait pas tout cet argent pour toi, grogna son frère Thierry.

Elle ne pouvait pas le nier et elle aurait dû avoir mauvaise conscience, mais ce n'était pas le cas. Thierry était trop jeune pour comprendre que le but qu'elle s'était fixé était beaucoup plus important que sa petite ligue de baseball.

— Peut-être pas pour Thierry, lui fit remarquer Denis lorsqu'elle lui téléphona. Pour un enfant de son âge, il n'y a rien de plus important qu'une partie de baseball.

— De quel côté es-tu? s'écria Lucie. Je croyais que tu avais compris l'importance que ça avait pour moi de devenir danseuse.

Elle entendit Denis marmonner quelque chose.

— Qu'est-ce que tu as dit?

— J'allais dire que j'aimerais te voir samedi soir. Sortir avec toi. Allez, Lucie, tu dois te détendre un peu sinon tu deviendras folle.

Il avait raison, bien sûr. Comme elle n'avait aucune énergie pour faire ses travaux d'école pendant la semaine, elle devait les faire la fin de semaine. Mais il lui était de plus en plus difficile de se concentrer sur son travail scolaire qu'elle considérait comme moins important que le ballet et, plus elle s'efforçait de travailler, moins elle en faisait.

— J'aimerais ça, Denis, vraiment, mais je ne devrais pas.

— Je vais donc t'appeler vers dix-neuf heures, dit Denis sans tenir compte de ses protestations. Que dirais-tu d'aller au cinéma? On pourrait aller manger ensuite.

— Fantastique, dit-elle en riant. Je n'ai même pas regardé la télévision depuis des semaines.

Se parler au téléphone deux à trois fois par semaine était beaucoup mieux que rien du tout. Lucie était contente que Denis respecte leur entente. Quelque chose de spécial se produisait toujours lorsqu'ils se revoyaient, même si Lucie acceptait tout juste que Denis la tienne par la main et lui donne des fois un petit baiser sur la joue. De son côté, Denis avait beaucoup de travail à la fourrière, car monsieur O'Sullivan lui déléguait de plus en plus de responsabilités.

— Je suis content de travailler plus, expliqua Denis à Lucie en allant au cinéma. Faire du temps supplémentaire signifie avoir une meilleure paie et, de plus, j'apprends beaucoup de choses. J'ai réduit des fractures, donné des injections et administré des anesthésiants. Tout ceci me sera profitable en première année de médecine.

— Tu devrais faire un bon médecin, dit Lucie en souriant. Mais, tu sais, lorsque je pense à quel point on est différent l'un de l'autre, il m'arrive parfois de me demander comment il se fait qu'on a tant de choses à se dire. Je suis contente que ce soit ainsi entre nous, mais je trouve ça curieux.

— Je ne trouve rien de curieux là-dedans, Lucie. On est tous les deux très ambitieux, on n'aime pas les choses faites à moitié et on s'aime beaucoup. Je ne connais personne d'autre avec qui je peux discuter comme je le fais avec toi.

— Moi non plus, dit Lucie. J'avais une très bonne amie avec qui je partageais presque tout, mais c'est comme si nos chemins s'étaient séparés, cette dernière année. Je crois que c'est surtout de ma faute. Je suis devenue très centrée sur moi-même. Je dois l'être, je n'ai pas le choix. Tu en es convaincu, toi aussi, n'est-ce pas?

— Tu dois donner beaucoup de toi-même, Lucie. Je t'admire pour tout ça, mais, d'une certaine façon, c'est difficile de comprendre comment tu fais.

— C'est juste que plus je m'implique dans la danse, plus je dois faire de sacrifices comme supprimer tout ceci, dit-elle en pointant du doigt le comptoir à bonbons du cinéma. Une danseuse ne peut pas se permettre d'avoir un gramme de graisse en trop.

Plus tard, au restaurant, elle commanda une tasse de thé, un peu de fromage et une salade de fruits frais tandis que Denis demandait un hamburger et des frites.

Ils étaient tellement absorbés l'un par l'autre

qu'ils n'entendirent pas Laure s'approcher.

— Désolée de vous interrompre, dit celle-ci en tapant sur l'épaule de Lucie, mais je t'ai si peu vue, Lucie, qu'il serait difficile de faire croire aux gens qu'on a l'habitude de se tenir ensemble.

— C'est la première fois que je sors depuis des semaines, Laure. Je n'ai vu personne. Il est vrai que j'aurais dû t'appeler.

— Tu veux dire que tu aurais dû me rappeler. J'ai laissé au moins trois ou quatre messages pour toi.

— Tu connais les enfants, Laure. Quand Thierry répond au téléphone, si ce n'est pas un appel pour lui, il oublie tout.

— D'accord, d'accord, je sais que tu es très occupée par tout ce que tu fais, mais tu pourrais au moins me présenter ton ami.

— Oh, je suis désolée! Je te présente Denis Gauthier, Laure.

Laure tendit immédiatement la main à Denis.

— Je suis Laure Biron, dit-elle en souriant. Lucie et moi allions à l'école ensemble. Pourquoi ne viendriez-vous pas vous asseoir avec nous? ajouta-t-elle, je suis avec Christian Masson, Diane Riendeau et Simon Bernard.

Denis et Lucie se regardèrent. Ils ne savaient pas comment refuser.

— Ah, s'exclama Diane dès qu'ils furent à leur table, je suis finalement à côté de la célébrité de la classe! J'ai entendu dire que tu es un des meilleurs espoirs pour gagner les auditions de danse en mai.

— Je vais essayer de gagner, répondit Lucie mal à l'aise.

Elle avait parlé doucement, mais elle se sentait tendue.

— Est-ce que ça vaut vraiment tous ces efforts? continua Diane. Laure m'a dit que tu es devenue pire qu'un ermite. Pas vrai, Laure?

Laure sourit à Lucie, mais sa voix se fit tranchante.

— Pourquoi n'arrêtes-tu pas, Diane? De toute façon, est-ce que c'est vraiment de tes affaires? Je m'ennuie bien sûr de ne pas voir Lucie plus souvent, mais elle sait ce qu'elle fait et pourquoi elle le fait. Cela me suffit.

— Je pense que c'est comme ça que sont les vraies amies, répliqua Denis. Je pense la même chose au sujet de Lucie.

Denis et Lucie partirent le plus tôt possible. Sur le chemin du retour, Lucie appuya sa tête contre le dossier de la voiture et se mit à pleurer à chaudes larmes sans pouvoir se contrôler.

Denis stationna la voiture près d'un arbre et, sans dire un mot, la prit dans ses bras. Lucie se mit alors à sangloter comme elle l'avait rarement fait. Denis la serra plus fort et, peu à peu, Lucie se calma.

— Tu vas mieux?

Elle le regarda, mais n'eut pas le temps de répondre parce que leurs lèvres se rencontrèrent, brisant la distance qu'ils s'étaient efforcés de maintenir entre eux depuis leur rencontre.

— Ça devait arriver, dit enfin Denis. Tu dois absolument ralentir. Tu es tellement tendue que tu es prête à bondir sur tout ce qui bouge. Diane ne t'aurait pas atteinte autant si tu avais été moins stressée.

— Tu as raison, admit Lucie en souriant. Mais tu ne peux pas t'imaginer à quel point je me sens détendue maintenant. Comme je ne l'ai pas été depuis des mois, ajouta-t-elle en lui prenant le bras. Ceci devait arriver aussi, non? Oh, Denis pense à ce que nous avons manqué!

— J'ai essayé de t'en parler, dit Denis en riant. Maintenant, vas-tu m'écouter?

Ils s'arrêtèrent devant la maison de Lucie et Denis suggéra de voir s'ils ressentaient toujours ce petit quelque chose de spécial lorsqu'ils s'embrassaient. Ils s'embrassèrent plusieurs fois jusqu'à ce que la mère de Lucie apparaisse dans l'encadrement de la porte. Lucie courut en haut des marches et fit un jeté remarquable. Même madame Nadja aurait applaudie.

— Il est à peu près temps que tu agisses comme une fille de seize ans, lui dit gentiment sa mère en refermant la porte. Denis est très gentil. Avez-vous un autre rendez-vous? Quand dois-tu le revoir?

— Je ne sais pas, maman. Quand on aura le temps. Je ne sais pas exactement quand. Je n'ai pas de temps en trop.

— Tu pourrais trouver un moment si tu ne passais pas autant de temps au studio et avec ta précieuse Madame.

— Devons-nous encore parler de tout ça? demanda Lucie en prenant une profonde respiration. S'il te plaît, maman, je vis assez de tension comme c'est là!

— Je veux seulement que tu aies du bon temps, ma chérie. Je veux que tu t'amuses pendant que tu es jeune et en santé.

— Mais je suis très heureuse, insista Lucie. Il n'est pas nécessaire que ce soit toujours des jeux et du plaisir.

— Très bien, Lucie. J'espère que, plus tard, tu ne regretteras pas tout ce temps que tu sacrifies. Bonne nuit, ma chérie.

Lucie embrassa sa mère puis courut dans sa chambre. Elle s'endormit dès que sa tête fut sur l'oreiller et, pour une fois, ne se réveilla qu'au petit matin.

CHAPITRE QUATRE

Le lendemain matin, Lucie finissait son travail d'anglais quand Thierry lui cria que Laure était au téléphone.

— J'ai oublié de te dire qu'elle avait déjà appelé plusieurs fois, dit-il à Lucie lorsque celle-ci descendit répondre. Elle a l'air très en colère contre moi.

— Qu'espères-tu si tu ne fais pas les messages? demanda Lucie.

Laure commença à discuter de la veille, mais Lucie ne l'écouta que d'une oreille. Elle était bien décidée à ne pas réagir. Laure, qui connaissait sa vieille amie, s'en apperçut rapidement.

— Je t'ennuie, dit Laure d'un ton pincé. Je reconnais que ce n'était pas super comme soirée, mais j'ai été contente de te revoir et je trouve Denis très sympathique. Comment l'as-tu rencontré?

— Écoute, Laure, je n'ai vraiment pas le temps de te raconter tout ça pour le moment. J'ai été contente de te revoir, moi aussi, mais j'ai un tas de travail à faire pour l'école. Si je ne le fais pas aujourd'hui, je n'y arriverai jamais.

Laure changea de sujet.

— As-tu regardé dehors, Lucie? Ça ne prend pas beaucoup de temps.

— Non, pourquoi? Devrais-je?

— Oh, oui! Le printemps est arrivé. Je pensais qu'on aurait pu faire une balade à bicyclette jusqu'à la colline, comme on en avait l'habitude.

Lucie hésita. C'était une de leur balade préférée. Cela lui rappelait tant de souvenirs! Est-ce que Laure essayait de lui transmettre un message? Avait-elle une idée précise en tête?

— Tu vas bien, Laure? Tu n'as aucun problème?

— Je vais très bien, mais je me demande si toi tu vas bien. Tu sembles si tendue, Lucie. Je m'inquiète à ton sujet. Un peu d'air frais loin de tout te ferait du bien. Qu'en penses-tu?

— J'aimerais beaucoup ça, Laure. J'aimerais être avec toi et pouvoir te parler, mais c'est vraiment impossible.

— Même pas pour une heure ou deux? Si tu continues comme ça, tu vas faire une dépression nerveuse.

Lucie se mordit la lèvre et compta jusqu'à quatre avant de répondre, essayant de ne pas laisser paraître ce qu'elle ressentait.

— N'as-tu pas dit, hier soir, que je savais ce que je faisais, et pourquoi je le faisais? N'étais-tu pas sincère?

— Bien sûr que je l'étais! Mais je n'avais pas pensé que tu étais si sérieuse. Tellement sérieuse que tu ne veux même pas t'accorder un petit répit un jour ensoleillé comme aujourd'hui? C'est difficile à croire, Lucie.

— Crois-le, Laure. C'est comme ça, que tu le

veuilles ou non.

— Très bien! Si tu le prends comme ça, je ne vois plus la nécessité de t'appeler encore, dit sèchement Laure.

— S'il te plaît, ne te mets pas en colère contre moi, Laure. Quand les auditions seront finies, j'aurai plus de temps pour moi.

— Quoi que tu dises, je te laisse retourner à ton travail. Je ne veux pas te déranger plus longtemps. Au revoir.

Lucie monta lentement dans sa chambre. Jeff grugeait son jouet. Il le lui amena en remuant la queue. Voyant qu'elle n'avait pas envie de jouer, il l'abandonna dans un coin et se coucha sur le tapis. Pauvre Jeff! Lucie se sentait coupable de tant le négliger, mais au moins il l'acceptait et ne la bousculait pas, lui.

Lucie eut de la difficulté à reprendre son travail. En insistant comme elle l'avait fait, Laure lui avait démontré qu'elle ne la comprenait pas si bien qu'elle le disait. C'est vrai qu'elle était très sérieuse, mais elle ne pouvait pas se permettre de ne pas l'être. Laure pensait comme sa mère. Comment ne pouvaient-elles pas voir que leur attitude à son égard ne l'aidait pas? Elle remplit la page qu'elle avait commencée, la regarda, la froissa et la jeta rageusement au panier.

Denis préparait un jardin de fleurs pour sa mère près de la maison. Il faisait tellement beau qu'il aurait aimé téléphoner à Lucie. Il avait envie de lui parler, d'aller se promener avec elle, mais elle lui

avait fait promettre qu'il ne la dérangerait pas.
Même pas par un tout petit appel.

— Comment se fait-il que tu restes à la maison
un jour pareil? lui demanda sa mère. Tu ne vois
pas Lucie?

— Elle est occupée.

— Oh? Vous êtes-vous disputés hier soir?

— Non. Je te l'ai dit, Lucie est occupée.

Denis fit encore quelques travaux autour de la
maison pour passer le temps. Ensuite, il fit un peu
de jogging et prit une douche. La journée était
presque terminée et il se sentait mieux.Il ne gardait
pas de rancoeur envers Lucie. Il avait été injuste
envers elle. Elle lui avait bien dit, dès leur première rencontre, quelles étaient ses priorités et il
les avait acceptées. Elle n'avait sûrement pas
besoin qu'il lui demande de changer.

Une semaine plus tôt, il s'était arrêté au studio
pour la voir danser avec madame Nadja. Toutes
les deux étaient si absorbées par ce qu'elles faisaient qu'elles ne l'avaient pas remarqué. Bien
qu'il ne s'y connaisse pas du tout en technique, il
sentit tout de suite que Lucie était une danseuse
exceptionnelle. De plus, un tel éclat brillait dans
ses yeux qu'il en ressentit une légère pointe de
jalousie.

Comment pouvait-il espérer être à la hauteur de
ceci?

Lorsqu'elle eut fini, Lucie s'épongea avec une
serviette. C'est alors qu'elle le vit appuyé contre
la porte. Elle se dirigea vers lui, le prit par la main

et l'entraîna dans le studio.

— Madame, dit-elle, voici mon ami, Denis.

À cet instant précis, il avait surpris une lueur d'hostilité dans le regard de Madame.

— Lucie est en forme, aujourd'hui, dit-elle, comme tu as pu t'en rendre compte par toi-même. Elle doit, malgré tout, continuer à travailler très fort. Il y a encore beaucoup de place à l'amélioration.

Il comprit l'avertissement : *Ne la distrais pas, jeune homme, éloigne-toi d'elle.*

— Elle était merveilleuse, répondit Denis. Avant de la voir danser, je n'avais pas compris tout le travail que ça demandait.

Denis venait de comprendre ce que toutes ces années de pratique et de danse voulaient dire pour Lucie et pourquoi elle misait tout sur les auditions. Quelle détermination et quel courage ! Mais si tous ses espoirs n'aboutissaient à rien ? Lucie pourrait-elle accepter une défaite ?

CHAPITRE CINQ

Le studio de danse et le cégep étaient fermés pour les vacances de Pâques. Madame Nadja en profita pour rendre visite à une amie au Nouveau-Mexique. Avant de partir, elle fit ses recommandations à Lucie. Il était hors de question que celle-ci arrête de danser pendant son absence.

— Tu vas t'entraîner régulièrement? demanda Madame en posant son bras autour des épaules de Lucie. Bien sûr que tu le feras, ajouta-t-elle. Je n'ai sûrement pas besoin de te rappeler que les auditions ne sont plus qu'à quelques semaines maintenant.

— Ne vous inquiétez pas, Madame. Profitez de vos vacances.

Prévoyant que le studio serait fermé pendant les vacances de Pâques, Lucie avait convaincu son père de lui installer une barre et un grand miroir chez elle pour qu'elle puisse travailler.

— Je pensais que tu serais heureuse d'avoir une semaine de congé, Lucie. Tu as besoin de repos.

— Je dois me garder en forme. Sais-tu, papa, que même les meilleures ballerines travaillent tous les jours de leur vie? Il en faut peu pour que les muscles se relâchent et je n'aurai pas fait tout ce travail pour en arriver là.

— Alors comment se fait-il que ta chère madame Nadja, elle, se permet de prendre des vacances et de t'abandonner?

— Elle a décidé de partir seulement quand je lui ai affirmé que je pourrais travailler à la maison.

— Tu l'as prise au mot, dit-il en lui pinçant la joue. D'accord, Lucie. Va acheter ton miroir. Je vais t'installer une barre.

Denis l'appela vers onze heures, après avoir fini son travail à la fourrière.

— Alors, tu sors avec Lucie, blagua monsieur O'Sullivan. J'espère que je serai invité à votre mariage, puisque c'est grâce à moi que vous vous êtes rencontrés.

— Vous serez mon témoin, avait promis Denis.

Denis stationna sa voiture devant chez Lucie et klaxonna.

Lucie sortit en courant, Jeff sur ses talons.

— Quelle belle journée, Denis! On a de la chance!

Jeff la dépassa à toute allure et bondit sur le siège avant de la voiture.

— Je pensais qu'il serait peut-être préférable de laisser Jeff ici. Il pourrait être gênant quand on va rapporter le miroir.

— On s'arrangera, dit Denis en secouant la tête. Après tout, Jeff n'est-il pas notre mascote? On lui doit notre rencontre.

Lucie s'assit près de lui et il l'embrassa sur la joue.

— Tu es une vraie bouffée de printemps, Lucie. C'est une nouvelle robe?

— Elle était neuve il y a deux ans, mais je l'ai toujours gardée pour de grandes occasions.

— Comme celle-ci?

— Comme celle-ci.

Denis prit des petites routes pour se rendre à la ville voisine. Il faisait si beau que Lucie lui demanda de s'arrêter un peu.

— J'aimerais me plonger dans la nature, dit-elle en riant.

Denis arrêta la voiture sur le bord de la route, près d'un champ rempli de fleurs sauvages. Lucie en ramassa quelques-unes en se promenant, les tressa en une couronne qu'elle déposa sur la tête de Denis. Elle en fit ensuite une pour elle. Ils se regardèrent et s'embrassèrent. Lucie se sauva en rigolant et Denis la poursuivit jusqu'à ce que, hors d'haleine, ils se laissent tomber dans l'herbe et se couchent l'un à côté de l'autre, les doigts enlacés.

— Je sais, dit doucement Lucie, que, aussi longtemps que je vivrai, je n'oublierai jamais ce merveilleux moment. As-tu déjà ressenti une chose pareille, Denis?

Denis se mit sur le côté, la tête appuyée sur sa main. Il la regarda avec beaucoup de tendresse.

— Oui, maintenant. Je ne peux pas me rappeler avoir été aussi heureux qu'en ce moment. Je t'aime, Lucie.

Lucie ne répondit pas. Elle était si heureuse qu'elle aurait aimé enfermer son bonheur dans une bouteille et le boire à petite dose chaque fois qu'elle se serait sentie faible ou déprimée. Mais était-elle amoureuse de Denis? Pouvait-elle honnêtement lui dire qu'elle l'aimait? Ce qu'elle ressentait en dansant était tellement différent qu'elle ne devait pas vraiment l'aimer. Elle s'assit et lui sourit, heureuse qu'il ne lui demande pas si elle l'aimait.

— On devrait y aller, Denis. Il faut retrouver Jeff.

Jeff se roulait dans l'herbe. Soudain, il vit un écureuil, pointa la queue et avança doucement vers lui. L'écureuil ne semblait pas l'avoir vu, mais quand Jeff s'approcha davantage il s'enfuit en haut de l'arbre comme une flèche.

— Il ne saurait probablement pas quoi faire avec un écureuil s'il en attrapait un, dit Denis en riant.

Lucie appela Jeff qui se précipita sur eux comme s'il ne les avait pas vus depuis des semaines.

Denis ne dit rien du reste du voyage. Il n'était ni fâché ni maussade, juste silencieux, et Lucie ne lui posa aucune question. Elle savait très bien ce qui le troublait et, sachant qu'elle ne pouvait pas lui donner la réponse qu'il attendait d'elle, préférait ne rien dire. Ils arrivèrent en ville et Denis avait retrouvé tout son entrain.

Ils s'arrêtèrent à un petit restaurant.

— Cette fois-ci, dit Denis en choisissant une table près de la fenêtre, tu vas réellement manger, sinon je ne t'aide pas à acheter ton miroir.

— D'accord, répondit Lucie en riant. Mais après

tout, je n'ai peut-être pas besoin de miroir. Ce que je ne vois pas ne peut pas me faire de mal.

Elle dégusta son poulet et ses frites et ne put résister au cornet de crème glacée au chocolat.

— Tu sais, dit-elle à Denis en le regardant, lorsque je serai trop vieille pour danser, je vais me laisser devenir très très grosse.

— Ils trouvèrent à la vitrerie deux miroirs pour le prix d'un parce qu'ils étaient légèrement ébréchés.

Le vendeur les enveloppa dans un épais papier brun et David les transporta dans la voiture pendant que Lucie tenait Jeff en laisse courte sur le siège avant tout contre elle.

Ils empruntèrent l'autoroute pour rentrer afin d'éviter les secousses. Le père de Lucie et Denis transportèrent les miroirs et les installèrent contre le mur. Ils fixèrent ensuite la barre et, en moins de temps qu'il n'en fallait pour le dire, Lucie avait son propre studio de danse.

Denis allait être en retard à la fourrière ; Lucie se dépêcha donc de lui dire au revoir. À peine arrivé en haut des escaliers, il entendit une douce musique s'élever. Lucie était déjà au travail.

— J'espère qu'elle réussira, dit son père en fronçant les sourcils.

— Moi aussi, soupira Denis. Moi aussi !

CHAPITRE SIX

Ce soir-là, alors que Lucie était dans sa chambre, sa mère vint lui rendre visite.

— Ça fait bien longtemps qu'on ne s'est pas parlé, Lucie. Je m'ennuie de ces petites discussions qu'on avait l'habitude d'avoir, pas toi?

Lucie était assise sur son lit, les jambes croisées. Elle cousait des rubans sur sa nouvelle paire de pointes.

— Ça me manque à moi aussi, maman, dit-elle en posant son soulier à côté d'elle. On peut parler maintenant si tu veux. Tu as quelque chose de spécial à me dire?

Il était évident qu'elle avait quelque chose de spécial à dire. Tout le démontrait dans sa façon d'être et d'agir. Elle semblait fatiguée aussi et Lucie se rendit compte qu'elle avait vieilli. Des rides creusaient son front et des pattes d'oies marquaient ses yeux.

— Tu sais que je n'aime pas m'ingérer dans tes affaires, Lucie, mais je me ser tellement en dehors de tout ce que tu fais.

Lucie rougit. Sa mère avait raison.

— Je ne voulais pas te mettre à l'écart, maman. Mais tu travailles au bureau toute la journée et j'ai un horaire tellement compliqué qu'on n'a plus le temps de se voir.

— Je devrais être plus souvent à la maison, c'est vrai, répondit sa mère. Je le sais très bien mais je dois travailler si ton père et moi voulons vous donner à toi et à ton frère tout ce que vous voulez.

— Tu veux dire comme mes cours de ballet? Et ceci? demanda Lucie en faisant tourner ses pointes par leur ruban.

— Je ne regrette rien de tout cela, Lucie. Pas le moindrement. Mais c'est tout de même cher.

Lucie se sentit mal pendant un court instant. Elle croyait savoir ce que sa mère lui dirait ensuite et elle ne pouvait pas y croire. Ce n'était pas vrai, pas maintenant, juste quand elle avait la chance de participer aux auditions!

En laissant parler sa mère, Lucie fut soulagée de voir que ses cours de ballet n'étaient pas remis en question.

— Je suis fière de voir à quel point tu travailles sérieusement, Lucie. Si tu continues à danser, je suis prête à payer ce qu'il en coûtera.

— Tu ne le regretteras pas, maman.

— Je ne sais pas, ma chérie, et je ne serai jamais gagnante ou perdante. Par contre, je pense que tu devrais être plus réaliste au sujet de ces auditions. Les participants ont tous été choisis parmi les meilleurs danseurs.

— Tu crois que je ne suis pas prête à perdre? C'est vrai ; je ne le suis pas. Ce n'est pas une façon d'envisager un concours, maman. On lutte pour gagner, pas vrai? C'est comme ça que je vois les choses !

— J'admire ton esprit de compétition, ma chérie, mais je ne crois pas que tu aies raison.

Lucie sauta en bas du lit et commença à tourner en rond dans sa chambre.

— Je n'ai peut-être pas raison, dit-elle avec colère, mais j'espère que toi et tous les autres allez garder vos doutes pour vous. Ça devient très difficile à accepter, tu sais.

— Qui sont les autres dont tu parles, Lucie?

— Papa. Même s'il ne m'en parle pas, je sais qu'il pense comme toi. Et Laure. Elle dit que je prends ça trop au sérieux ; c'est simplement une autre façon de dire : « Attention, tu pourrais te cogner le nez ». Denis aussi, il n'y a pas si longtemps. Il devient tellement nerveux dès que je parle d'auditions.

— Au sujet de Denis, Lucie, tu tiens vraiment à lui, non?

— Je l'aime beaucoup maman. Je crois que tu peux dire que je tiens beaucoup à lui.

— J'ai aussi l'impression qu'il tient beaucoup à toi, dit sa mère en souriant. Elle semblait tellement plus heureuse. Ton père et moi pensons qu'il est très bien et qu'il réussira dans la vie, peu importe ce qu'il entreprenne. As-tu rencontré sa famille?

— Non, répondit Lucie en fronçant les sourcils. J'en connais beaucoup à leur sujet, mais je n'ai encore rencontré personne. Qu'est-ce que tu mijotes, maman?

— Rien, rien.

Elle était une piètre menteuse.

— Je pensais seulement que ce serait intéressant d'inviter ses parents à dîner, dimanche. Rien de bien cérémonieux. Juste des grillades en plein air.

— Oh, maman!

— Qu'y a-t-il de mal à cela, Lucie? On aimerait juste connaître ses parents. Ça me ferait plaisir et, pour une fois, je crois que tu pourrais être d'accord avec un de mes projets.

Ce ne fut pas si difficile. Ce fut une visite fort agréable.

— Alors, c'est toi l'amie de Denis, dit le père de ce dernier. Il est toujours accompagné de jolies blondes. Je dis ça de lui, mais j'étais comme ça, moi aussi, ajouta-t-il en posant sa main sur l'épaule de sa femme. Tel père, tel fils!

Il était un peu plus petit que Denis et s'il avait déjà été mince et musclé, il ne l'était certainement plus maintenant.

Sa femme était tellement différente qu'il était difficile de s'imaginer comment ils avaient pu se rencontrer et s'épouser. Elle était petite et mince, les cheveux blonds foncés, et elle avait des manières très délicates.

— Je suis si heureuse de te connaître, Lucie, dit-elle affectueusement. Tes parents ont été très gentils de nous inviter.

Les parents de Lucie avaient entendu les Gauthier arriver et vinrent les accueillir. Lucie et Denis en profitèrent pour s'éloigner dans le jardin. Il faisait un temps chaud et ensoleillé, idéal pour les premières grillades en plein air.

— J'espère que les plaisanteries de papa ne te gènent pas, Lucie. Il est comme ça avec tout le monde, lui expliqua Denis. De toute façon, il a raison, tu es une jolie blonde.

— Ta blonde préférée?

— Ma blonde préférée.

Lucie rayonnait de bonheur.

Les parents vinrent les rejoindre ; ils s'entendaient bien. Là mère de Lucie avait préparé le repas pendant toute la matinée, et Lucie l'avait aidée à faire le ménage. Mais maintenant, elle cédait la place à son mari.

Les deux mères s'assirent l'une près de l'autre et discutèrent de livres, de cinéma et, bien sûr, de leurs enfants.

— Lucie est vraiment adorable. De plus, elle a tellement de talent ! Denis m'a beaucoup parlé de ses ambitions.

Lucie se mit à rougir et fit signe à Denis de venir jouer au frisbee avec elle.

Thierry arriva à la course, en sueur, heureux et triomphant dans son costume de baseball.

— On a gagné ! On les a battus huit à un ! On les a massacrés !

— Viens dire bonjour aux parents de Denis, lui dit sa mère. Et va vite te laver et te changer. Tiens, tu es blessé? Que t'est-il arrivé à la main? demanda soudain maman. Tu saignes? Laisse-moi regarder.

— Ce n'est rien, maman. Je me suis frotté la

main sur l'herbe pour mieux empoigner mon bâton. Il y avait un morceau de verre et…

Elle examina de plus près la main blessée que Thierry tendait vers elle. Il y avait une longue entaille près du pouce. Tous se regroupèrent autour de Thierry. Denis prit les choses en main avec autorité.

— Si Lucie me montre où est la trousse de premiers soins, je vais nettoyer la plaie. J'en ai l'habitude, je soigne souvent des blessures de ce genre à la fourrière.

Ne te lève pas, maman, on s'en occupe, s'empressa de dire Lucie. Viens, Thierry.

Lucie tendit la trousse de premiers soins à Denis et le regarda nettoyer la plaie. Il s'assura qu'il n'y restait plus aucun débris de verre, la désinfecta et fit un bandage. Tout était fait avec tant de douceur que Thierry ne fit même pas une grimace.

— Merci beaucoup, docteur, dit Thierry en se dirigeant vers sa chambre pour se changer.

Main dans la main, Lucie et Denis retournèrent au jardin.

— L'opération est une vraie réussite et le malade s'en remet très bien, dit Denis à madame Richard.

Remis de leurs émotions, tous s'activèrent pour mettre la table, sortir les plateaux de nourriture et faire cuire les steaks sur le charbon de bois.

Quand Denis et ses parents s'en allèrent, Lucie embrassa ses parents et même son petit frère. En se couchant, elle se rappela avec quelle douceur et quelle gentillesse Denis s'était occupé de Thierry.

C'était un garçon en qui elle pouvait avoir confiance. C'était le garçon qu'elle pouvait aimer.
Sinon, comment interpréter ce qu'elle ressentait en
pensant à lui?

CHAPITRE SEPT

Lucie ne pensait pas s'ennuyer autant de Denis quand il partit passer ses tests d'admission à la faculté de médecine. Elle courait répondre au téléphone à la moindre sonnerie. Il avait appelé une seule fois, et, tout de suite après son appel, elle s'était sentie très seule et abandonnée.

Denis lui avait semblé en pleine forme.

— J'aimerais que tu vois le campus de l'université, Lucie. Tout est si gigantesque!

Elle ne savait pas pourquoi elle lui en avait voulu d'être si enthousiaste.

— Comment a été ton entrevue?

— Je ne l'ai pas encore passée. Ils nous ont tout simplement fait visiter le campus universitaire, quelques bibliothèques, la librairie et bien d'autres choses. J'ai toutes sortes de pressentiments, Lucie. Tout est si nouveau et étranger! Je t'en reparlerai à mon retour.

Après avoir raccroché, Lucie essaya de comprendre pourquoi elle se sentait si mêlée. Elle était jalouse de Denis et l'enviait sans raison. Plus elle s'interrogeait, plus elle doutait de son honnêteté et de son intégrité.

— C'est comme s'il m'abandonnait, expliqua-t-elle à Laure. Je ne veux probablement plus rien

dire pour lui. Je dois être une fille qu'il aime beaucoup, mais qu'il oubliera complètement dès qu'il
sera à l'université.

Elle avait finalement retrouvé sa bonne amie
Laure. Elles avaient partagé tant de choses dans le
passé qu'il leur fallut à peine quelques instants
pour renouer leur vieille amitié.

— Tu es terriblement injuste envers Denis, lui
dit Laure sans aucun ménagement. De quel droit
peux-tu trancher ainsi? Tu l'ignores dès que ça fait
ton affaire ou tu lui tournes le dos quand tu en as
envie. Pourquoi Denis devrait-il faire passer ses
intérêts après ses sentiments qu'il a envers toi? Il
a sa propre vie à mener.

— Mais il était si enthousiasmé par ce campus
qu'il ne m'a rien dit d'un peu personnel.

— Il t'a trop gâtée, voilà ce qu'il y a. Il est tellement épris de toi qu'il te laisse faire tout ce que
tu veux, comme tu le veux. Dis-moi, Lucie,
espères-tu qu'il soit en adoration devant toi pour le
reste de sa vie?

— Tu as tout à fait raison, Laure. Je deviens
égoïste. J'ai dû tenir pour acquis qu'il serait toujours là, même en sachant, dès le premier jour où
je l'ai rencontré, qu'il irait à l'université en septembre.

— Tu devrais être reconnaissante que quelqu'un
comme Denis s'intéresse tellement à toi. Si seulement tu étais consciente de la chance que tu as! Si
seulement ça pouvait m'arriver!

— Que se passe-t-il, Laure, tu n'es plus

toi-même.

Laure était tellement triste.

— Les seuls garçons qui m'aient jamais invitée à sortir sont des compagnons d'infortune. Je ne connais aucune fille qui accepterait de consacrer un peu de leur temps à ces garçons.

Laure soupira tristement avant de poursuivre la discussion.

— Tu sais ce que c'est, continua-t-elle. Laure est toujours libre, tellement gentille et agréable. Elle est si compréhensive qu'on peut lui parler de n'importe quoi.

— Mais tout cela est vrai, Laure, et c'est pour ça que tout le monde t'aime. Préfèrerais-tu avoir un visage à deux faces comme Diane et traiter tout le monde comme des moins que rien?

Laure ravala ses larmes.

— Elle accroche celui qu'elle veut, par exemple. Elle n'est pas spécialement gentille, mais, avec son apparence, elle fait des ravages.

— Et qu'est-ce qu'elle a, ton apparence, Laure? Tu sais très bien que ça n'a rien à voir. Qu'est-ce qui t'arrive?

Lucie voulait de tout coeur aider son amie, mais Laure, qui était habituellement si terre à terre, n'avait d'yeux que pour Germain Boyer, l'étudiant le plus brillant et le meilleur athlète de toute l'école.

— Avec tout ce qu'il a, dit Laure amoureusement, il n'est pas du tout insolent ou vaniteux. On est dans la même salle de laboratoire, et il m'a déjà aidée à faire une expérience. Une autre fois, il est même resté après la classe pour m'expliquer quelque chose et il était si content quand j'ai compris qu'on aurait dit que je venais de lui accorder une grosse faveur. Mais c'est sûr que, pour lui, je ne suis pas une fille avec qui on sort. De toute façon, je le vois souvent avec la même fille.

Lucie vit combien son amie était profondément blessée. Elle aurait aimé la prendre par les épaules et la secouer pour l'aider à revenir sur terre. D'une façon ou d'une autre, Laure aurait à affronter la dure réalité et à décrocher de son rêve impossible.

— Ne vois-tu pas, Laure, que, par comparaison, Germain semble beaucoup mieux que certains garçons qui sont tout de même très bien, comme Thomas Auger. C'est pour ça que tu les traites de compagnons d'infortune. Pourquoi cherches-tu à atteindre les étoiles, puisque Germain n'est pas libre?

— C'est toi qui me dis ça, Lucie? Si quelqu'un vit dans les nuages, c'est bien toi. Regarde seulement le but que tu t'es fixé!

— Ce n'est pas pareil. Je n'ai jamais pensé que ça me tomberait du ciel. J'ai travaillé depuis des années beaucoup plus fort que tu ne peux l'imaginer pour avoir la possibilité de participer à des auditions.

— Je sais que c'est différent pour toi, Lucie. Tout ce que je peux espérer, c'est que Germain me remarque un jour. C'est très enfantin ; c'est comme espérer qu'une bonne fée me touche de sa baguette magique. Je n'ai rien dit à personne d'autre, Lucie, mais je me sens vraiment soulagée de t'en avoir parlé. Maintenant, je peux essayer de ne plus penser à Germain.

Lucie pensa qu'elle aimerait pouvoir faire la même chose avec Denis.

Madame Nadja n'était pas dupe. Depuis son retour de vacances, elle demandait à Lucie de plus en plus d'efforts. Un après-midi, Lucie s'effondra. Jusqu'ici, elle avait toujours été capable de se reprendre.

— Je ne peux plus continuer, Madame, dit-elle. Je n'en peux plus.

Pour toute réponse, Madame arrêta la musique, recouvrit les épaules tremblantes de Lucie avec son gilet et lui fit signe de s'asseoir par terre.

— Tu le peux et tu le feras, dit-elle fermement.

— Vous ne comprenez pas, murmura Lucie, la tête posée sur ses genoux. Je ne peux plus rien faire.

— Je comprends très bien. C'est toi qui ne comprends pas.

Madame souleva la tête de Lucie à deux mains.

— Regarde-moi, Lucie.

Lucie évitait le regard de Madame. Pour la première fois depuis toutes les sessions passées ensemble, elle sentit une certaine crainte. Madame était un dictateur dominant, cruel, sadique, qui prenait plaisir à la faire souffrir. Elle n'avait jamais atteint le niveau qu'elle aurait souhaité et, maintenant, elle déversait toute sa déception sur Lucie.

— Regarde-moi, Lucie.

— Je ne peux pas, et c'est tout, dit froidement Lucie en la regardant. Je ferais mieux de partir, poursuivit-elle en se dégageant des mains de Madame et en se relevant.

Madame se leva et la saisit par le bras.

— Oh, non, tu ne pars pas ! Tu vas terminer ce qu'on a commencé aujourd'hui, et tu trouveras toute la force qu'il te faut pour ça. À moins que tu ne me dises que tu démissionnes ? Dois-je rayer ton nom des auditions ?

Lucie se figea. Madame ne pouvait pas penser ce qu'elle venait de dire. Il est vrai que sa réputation n'était plus à faire et qu'elle n'hésiterait pas à éliminer une élève qui, d'après elle, ne satisfaisait pas ses attentes.

— Je voulais juste dire que ça ne va pas bien aujourd'hui. J'irai probablement mieux demain.

— À condition que tu saches quel est ton problème. Écoute-moi, Lucie. Tu ne te concentres pas comme tu devrais le faire. Tu crois l'être, mais tu ne l'es pas. Je peux le voir. Tu ne te donnes pas entièrement à ce que tu fais. Des sentiments et des pensées te préoccupent, et c'est pour ça que tout te semble plus difficile.

Lucie savait trop bien que Madame avait raison, mais elle ne voulait pas l'admettre.

— Je sais ce qui te préoccupe, Lucie. J'ai déjà été amoureuse moi aussi à ton âge. Tu es avant tout une danseuse ou tu ne l'es pas du tout. Qu'est-ce que tu préfères? Tu dois y répondre pour toi-même.

— Je connais la réponse, Madame, dit doucement Lucie. Comment ai-je pu aller si loin pour tourner le dos tout simplement?

Lucie se dirigea vers le centre du studio et Madame remit le disque.

— On reprend au début, Lucie.

Lucie se mit en cinquième et attendit son signal. Puis, avec un surcroît d'énergie, elle laissa derrière elle le monde et ses problèmes et s'élança vers le ciel.

CHAPITRE HUIT

Lucie était très ébranlée en repensant à la discussion qu'elle avait eue avec Madame. Si elle avait été juste un peu plus entêtée, Madame aurait pu aussi bien la laisser tomber.

Elle devait admettre que Madame avait raison sur toute la ligne. Quel que soit l'entraînement qui était suivi en vue d'un concours, la concentration était essentielle. Elle avait laissé sa pensée divaguer, ce qui lui avait fait perdre le contrôle qu'elle avait sur elle. Elle n'était toujours pas certaine d'aimer Denis. Elle se sentait attirée par lui, aimait être avec lui et s'ennuyait quand il était au loin. C'était ça, l'amour? Même si c'était ça, la danse devait passer avant, comme l'avait si bien dit Madame.

Quand Denis revint, elle refusa de le voir et, lorsqu'il téléphonait, elle demandait à Thierry de lui dire qu'elle ne pouvait pas répondre. Elle ne le rappela pas. Elle ne voulait pas le laisser tomber, mais simplement mettre un peu de distance entre eux afin de pouvoir l'éliminer de ses pensées, du moins jusqu'à ce que les auditions soient terminées.

Ses tactiques semblaient fonctionner parce que Madame lui avait fait plusieurs compliments, et toutes les deux travaillaient de nouveau en équipe vers un but commun.

Denis n'avait pas du tout l'intention d'accepter d'être traité comme cela sans protester. Quand, pour la troisième fois, Lucie ne lui retourna pas son appel, il décida d'aller chez elle et de voir ce qui se passait.

— Qu'est-ce que ton silence veut dire, Lucie? Qu'est-ce que j'ai fait pour que tu refuses de me voir, et même de me parler?

Vite Lucie entraîna Denis vers la porte. Ele prit son manteau au passage.

— On ne peut pas parler ici, Denis, Allons marcher.

Ils marchèrent dans les rues sans parler, et la nuit fraîche les calma un peu. Ils atteignirent un petit parc désert et s'assirent sur un banc.

— Dis-moi, Lucie. Pourquoi me traites-tu comme ça? demanda-t-il en se tournant vers elle.

— Comme quoi? demanda-t-elle sur la défensive. Tu sais à quel point je suis occupée.

— Oui, je le sais. Comme tu l'as toujours été depuis que je te connais. Mais tu n'avais encore jamais refusé de me répondre au téléphone.

Lucie se rendit compte à quel point elle l'avait blessé. En fait, comment pouvait-il réagir autrement?

— Je suis désolée, Denis. Je ne connais pas d'autres moyens de ralentir ce qui se passe entre nous.

— Ce que je comprends, c'est que tu ne veux

plus rien avoir à faire avec moi.

— Oh, ce n'est pas ça! s'exclama-t-elle en hochant la tête. Pas du tout!

— Alors, qu'est-ce que c'est, Lucie? Je pense que je devrais savoir ce qui se passe exactement.

Sans plus attendre, Lucie lui expliqua ce qui s'était passé entre elle et Madame au studio, et comment elle était passée près de tout perdre ce pour quoi elle se battait.

Denis l'écouta sans l'interrompre, mais, quand elle eut fini, il était toujours insatisfait de son explication.

— Ça n'a aucun sens, Lucie, que tu perdes soudain la capacité de te concentrer. Comment ça se fait?

Elle avait espéré s'en sortir sans lui raconter toute l'histoire.

— Comme le dit Madame, personne ne peut se concentrer sur quelque chose s'il est distrait.

— Qu'est-ce qui te distrait, Lucie?

— Pas qu'est-ce qui, mais qui.

— D'accord. Qui?

— Toi, dit-elle après un moment d'hésitation.

C'était au tour de Denis d'hésiter. Lucie aurait aimé voir son visage plus nettement et lire l'expression qu'il affichait. Il se pencha vers elle et lui prit la main.

— Lucie, dit-il doucement, essaies-tu de me dire que tu es amoureuse de moi?

Lucie sentit qu'elle ne pouvait plus éviter de répondre.

— Je me le suis demandé plusieurs fois, Denis, et je n'en suis pas encore certaine. Je ne peux pas te donner de réponse maintenant.

— Tu veux dire que tu veux mettre notre relation de côté jusqu'à la fin des auditions? Je peux comprendre ton problème, Lucie, et je te soutiens dans ce que tu traverses. Mais tu aurais dû m'expliquer ce qui se passait au lieu de me traiter comme tu l'as fait.

— Je ne le ferai plus, je te le promets.

— Pendant un moment, j'ai cru que je t'avais perdue et je me sentais tellement désemparé que je ne savais plus quoi faire de moi.

— On n'est plus perdu puisqu'on vient juste de se retrouver, dit Lucie en posant sa main sur son épaule.

C'était vrai en ce qui la concernait. Elle se sentait beaucoup plus détendue d'avoir clarifié la situation et de savoir que Denis la comprenait.

Denis était soulagé, lui aussi. Il se mit à parler de son voyage, décrivant les entrevues qu'il avait passées pour son admission à l'université.

Ils quittèrent le banc et marchèrent lentement vers la maison de Lucie. En arrivant, ils allèrent dans la cuisine, se servirent un jus de fruit et discutèrent de façon tout à fait détendue.

CHAPITRE NEUF

Lucie dansait si bien depuis qu'elle avait discuté avec Denis de leur relation que, pour la première fois, Madame l'avait comparée aux jeunes ballerines qui recevaient les acclamations habituellement réservées aux danseuses plus âgées et plus expérimentées.

— Rien n'est encore gagné, Lucie, mais tes progrès sont très impressionnants. Lorsque tu auras passé les auditions, je ne vois pas pourquoi tu ne deviendrais pas une autre Darci Kistler ou Deirdre Caberry. Elles dansaient des rôles principaux avec le *New York City Ballet* quand elles avaient à peine seize et dix-sept ans. Et il n'y a pas longtemps, une danseuse de dix-neuf ans a dansé *Le lac des cygnes* avec Mikhail Baryshnikov.

— Oh, j'aurais donné n'importe quoi pour voir ça! s'exclama Lucie les yeux brillants. Je connais le nom de toutes les grandes ballerines qui ont dansé ce rôle depuis la Pavlova! J'ai tellement fait joué le disque qu'il est tout rayé.

— Que dirais-tu d'aller voir le spectacle samedi soir, Lucie?

Lucie, surprise, s'approcha de Madame.

— C'est une proposition sérieuse? s'écria-t-elle. Ce samedi-ci? Dans trois jours?

Madame sortit deux billets.

— L'habilleuse de la compagnie est une vieille amie et elle m'a envoyé ceci. Ce sont des sièges qui lui sont réservés dans la première rangée, près de l'allée centrale.

— Le fait d'y aller, c'est déjà beaucoup. Ça ne me ferait rien d'être assise dans les dernières rangées.

Lucie avait entendu parler de ce spectacle, mais les places étaient terriblement chères et très difficiles à trouver. Maintenant, tout semblait être magique!

— Mais, vous ne voulez pas y aller, Madame?

— Normalement, j'y serais allée, Lucie. J'ai vu *Le lac des cygnes* plusieurs fois et je l'ai aussi dansé. Ça me fait encore plus plaisir de vous offrir ces billets, à toi et à Denis.

— Vous êtes merveilleuse, Madame. Je vais appeler Denis immédiatement et m'assurer que sa voiture soit réparée. Il a eu des petits problèmes ces derniers temps.

— J'espère que le ballet t'inspirera.

— Oh, oui! certainement!

Le spectacle était à huit heures, mais Denis l'appela un peu avant cinq heures. Monsieur O'Sullivan avait accepté de le laisser partir un peu plus tôt.

— Je t'amène souper dans un bon restaurant, pour une fois, annonça-t-il. En partant aussi tôt, on pourra prendre tout notre temps pour souper.

— Pas trop cher, j'espère. Je tiens à payer ma

part.

Dans la voiture, Lucie commença à expliquer *Le lac des cygnes* à Denis.

— On verra la version en deux actes, mais c'est tout aussi bien que tu connaisses la version originale. L'histoire se situe en Allemagne, au XVe siècle. Le prince Siegfried reçoit de sa mère l'ordre de se choisir une épouse et de faire face à ses obligations royales. Elle veut annoncer le mariage à un bal qu'elle doit donner en l'honneur de l'anniversaire de son fils.

— Je suis content de ne pas être un prince, remarqua Denis.

— Tu ne vas pas te marier un jour?

— Un jour, peut-être. Et toi?

— Un jour…

Ils se mirent à rire et Lucie continua son histoire.

— Siegfried est triste à l'idée de se choisir une épouse et décide d'aller chasser avec des amis. Une volée de cygnes passe et Siegfried prend son arbalète en criant aux autres de le suivre. Il se met à poursuivre les cygnes. Et c'est la fin du premier acte.

— Il n'y a pas tellement d'action. Tout peut se dérouler en cinq ou dix minutes.

— Crétin! s'exclama Lucie. Ce sont les principales lignes. Tu verras plein d'action sur scène. Il y aura toutes sortes de divertissements. C'est un ballet, pas une pièce de théâtre.

— Et sais-tu quelle est l'origine du ballet, Lucie?

— En Italie, en 1489, alors qu'un duc italien

donnait un spectacle de danse réalisé en son honneur. Mais c'est Catherine de Médicis, épouse du roi de France Henri II, qui a introduit le ballet à la Cour de France. C'est pour ça que tous les termes utilisés en ballet sont en français.

— Tu m'impressionnes vraiment avec tout ça. Quelle est la suite de l'histoire?

— Lorsque le rideau se lève, au deuxième acte, Siegfried est seul sur la rive du lac et découvre que les cygnes sont de merveilleuses jeunes filles capables, la nuit seulement, de se transformer en humains. La reine des cygnes, Odette, est la plus belle d'entre toutes et Siegfried tombe follement amoureux d'elle dès qu'il la voit. Il fait un voeu pour annuler le sort qu'on a jeté à Odette et, malgré toutes ses craintes, lui fait promettre d'attendre le jour de son anniversaire où leurs fiançailles seront annoncées pendant le bal.

— Ce Siegfried est vite en affaire, dit Denis les yeux brillants. Quelle technique! Il pourrait sûrement m'enseigner une ou deux choses.

— Je ne crois pas que tu en aies besoin, répondit Lucie en souriant. Et si tu ne m'interrompais pas tout le temps, je pourrais peut-être finir mon histoire.

— Mais qui leur a jeté ce sort?

— J'y arrivais. C'est un méchant magicien nommé Rothbart, et quand il apprend le projet de Siegfried, il s'arrange pour qu'Odette ne puisse pas aller au bal. Ensuite, il remplace Odette par sa propre fille, Odile, qu'il transforme d'un coup de baguette magique pour qu'elle ressemble à s'y méprendre à Odette.

— L'histoire se corse. Si tu te dépêches, je connaîtrai toute l'histoire d'ici à ce qu'on arrive au stationnement du restaurant. Je meurs de faim, pas toi?

— On arrive au troisième acte. Le soir du bal, Odile déçoit énormément Siegfried qui s'est engagé publiquement envers elle. Mais Odile rit avec mépris et part avec son père. Le pauvre Siegfried réalise qu'il a été trompé et court au lac des cygnes retrouver Odette et tout arranger entre eux. Mais Odette lui explique que, maintenant, seule la mort peut la délivrer de son sort. Odette et Siegfried préfèrent mourir ensemble plutôt que de vivre séparément et se noient dans le lac.

— Moi qui croyais que tous les contes de fées se terminaient par : ils vécurent heureux et eurent beaucoup d'enfants, fit remarquer Denis en secouant la tête.

— C'est ce que tous les gens croient aussi, et c'est parce que la fin de ce conte était si imprévue qu'on l'a prolongé. On voit alors Odette et Siegfried heureux dans un autre monde.

— J'aime beaucoup mieux ça!

En arrivant au restaurant, Lucie et Denis se sentirent un peu gênés. En dehors du cinéma, d'une promenade ou d'une balade en voiture, c'était la première fois qu'ils sortaient vraiment.

Pour l'occasion, Denis avait mis son complet d'«entrevue», comme il disait, ce qui n'avait rien à voir avec ce qu'il portait habituellement. Il portait un blazer bleu marin, un pantalon de lainage gris foncé, une chemise blanche à rayures bleues et une cravate marine à petits pois rouges. Quel chic! Pendant qu'il ajustait sa cravate, Lucie en profita pour replacer sa large jupe froncée vert océan et fit glisser son chemisier pour dégager légèrement son épaule. Elle n'était pas habituée à porter des talons hauts.

Pendant tout le trajet, ils avaient si bien discuté qu'ils en avaient oublié leurs tenues de soirée. En entrant au restaurant, un maître d'hôtel vint les accueillir et ils se sentirent mal à l'aise devant le regard admiratif que celui-ci lança à Lucie. Dès qu'ils se dirigèrent vers leur table, ils sentirent également le regard des autres clients se poser sur eux.

Denis parcourut le menu et laissa entendre un léger sifflement.

— Oh la la! Je ne pensais pas que ce restaurant était aussi luxueux. On ferait mieux de commander de la salade au lieu des steaks, sinon, il faudra laver la vaisselle pour payer la note.

— J'en ai assez des salades! s'exclama Lucie en retroussant son nez. Tu laveras et j'essuierai.

Ils se mirent à rire, ce qui les détendit, et ils commandèrent des steaks et de la salade. Pourquoi pas, après tout. Par contre, ils ne commandèrent pas de dessert. Ils n'avaient plus très faim et Lucie était vraiment impatiente d'arriver au théâtre.

CHAPITRE DIX

À l'entrée du théâtre, un garçon vendait des livres souvenirs du ballet avec photographies en couleur du premier danseur et du corps de ballet. Denis en acheta un à Lucie.

— Mademoiselle, dit-il en s'inclinant légèrement, avec mes compliments.

Lucie lui fit une jolie révérence. Lorsqu'elle se releva, une dame tout près d'elle lui toucha l'épaule.

— C'était merveilleux et très professionnel, ma chère, dit-elle. Puis-je te demander qui est ton professeur de ballet?

— Je ne crois pas que vous la connaissiez, répondit gentiment Lucie. Vous savez, je viens de Ville d'Angres et...

— Alors tu dois être la protégée de madame Nadja. Elle parle beaucoup de toi.

— Vous la connaissez?

— Si je la connais! Nous avons dansé dans la même compagnie il y a plusieurs années, et nous continuons à nous voir et à nous remémorer ces merveilleux moments que nous avons partagés. C'est à peu près tout ce que nous avons, nous, ex-ballerines, nos souvenirs et, comme Nadja, le plaisir de découvrir de nouveaux talents.

— J'aimerais dire à Madame que je vous ai rencontrée, mais je ne connais pas votre nom.

— Madame Alexandra Gurevitch. Je sais que tu es Lucie, mais qui est ce jeune homme?

Lucie présenta Denis qui se balançait d'un pied sur l'autre.

Madame Alexandra lui tendit la main.

— Vous devez prendre bien soin de Lucie, lui dit-elle, maintenant que les auditions sont si près. Personnellement, je n'ai inscrit aucun de mes élèves. Je vais donc t'appuyer, puisque Nadja t'a choisie.

— Faites-vous partie du jury? demanda Denis.

— Oh, non! Si j'en faisais partie, j'éviterais toute communication avec les concurrents. Les juges viennent de New York, de l'école qui offre le stage d'été.

— Je croyais t'en avoir parlé, dit Lucie à Denis. Il y aura trois juges, tous des experts. Un homme et deux femmes.

On baissa les lumières pour prévenir que le spectacle allait bientôt commencer.

— On ferait mieux d'entrer, dit Lucie. Elle voulait avoir le temps de s'installer confortablement avant le lever du rideau.

Madame Gurevitch, cependant, ne semblait pas pressée de les laisser partir.

Denis prit Lucie par le bras et la dirigea fermement vers les tourniquets.

Ils eurent à peine le temps de parcourir le programme.

— Je suis content que tu m'aies raconté l'histoire, souffla Denis. Cette Alexandra ne voulait plus nous lâcher.

— C'était gentil de sa part de venir nous voir comme elle l'a fait, Denis. Je l'aime bien.

La lumière baissa et l'éclairage fut dirigé vers le chef d'orchestre. Il salua les spectateurs, se tourna vers les musiciens et leva sa baguette. Lucie appuya sa tête contre le siège et sourit en murmurant : *Écoute, ne fais qu'écouter !*

Ils se laissèrent transporter par la musique. Tout était si magique !

Pendant l'entracte, Denis proposa de sortir un peu du théâtre, loin de la foule. Il était subjugué par ce qu'il venait de voir et d'entendre. Lucie ne l'avait jamais vu aussi ému.

— Je n'ai jamais vécu quelque chose d'aussi intense, Lucie, dit-il lorsqu'ils furent devant le théâtre. C'était tellement émouvant qu'à certains moments, j'en perdait presque le souffle. Cette musique est tout simplement...

— Envoûtante, ajouta Lucie.

— Oui. Pourtant, je trouvais l'histoire totalement puérile quand tu me l'as racontée. J'ai toujours trouvé la musique classique, du moins le peu que j'ai écouté, ennuyeuse et lourde. Mais celle-là est tout simplement fabuleuse !

Lucie se sentit tendue lorsqu'ils retournèrent s'asseoir.

— Qu'est-ce qui te fait peur ? lui demanda Denis.

— D'être déçue par le pas de deux d'Odette et de

71

Siegfried.

— Détends-toi, Lucie. Ce sera exactement comme tu l'espères.

Le rideau se leva sur une forêt verdoyante dans laquelle les jolies jeunes filles qui avaient été transformées en cygnes retrouvaient avec grande joie leur forme humaine.

Odette, la reine des cygnes, captiva les spectateurs et le prince Siegfried.

Lorsque le rideau se baissa, un tonnerre d'applaudissements rompit le silence, et la foule se leva. Lucie était incapable de bouger. Elle restait assise, le corps droit, les mains posées sur ses genoux et des larmes coulaient sur ses joues.

— Est-ce que ça va, Lucie?

— Je vais bien, murmura-t-elle. Passe-moi un mouchoir, s'il te plaît.

Lucie s'essuya les yeux et se moucha.

— As-tu déjà vu des bourrées comme ça?

— Des bourrées?

— Ces sortes de petits sauts, tu sais? Incroyable! C'est exactement comme les décrivait Walter Terry.

— Walter Terry?

— Un critique de danse. J'ai lu un de ses articles là-dessus et je ne pensais pas qu'il était possible de danser aussi bien qu'il le disait! Je l'ai vu de mes propres yeux, ce soir.

Elle se leva et applaudit la jeune ballerine.

— Bravo!, cria-t-elle. Bravo!

Siegfried eut aussi sa part des applaudissements

et il y eut plusieurs rappels.

Après avoir attendu quelques instants, Lucie et Denis décidèrent de quitter le théâtre. Ils se dépêchèrent derrière la foule et se jetèrent tout droit dans les bras de Madame Alexandra qui discutait avec trois autres personnes.

— Lucie ! Denis ! s'écria-t-elle. Je suis contente qu'on ne se soit pas manqué.

Denis, loin d'être heureux de cette rencontre, se résigna à suivre Lucie qui était très touchée de l'attention que lui portait une des amies de madame Nadja. Après avoir été présenté, Denis pensa que personne ne remarquerait sa présence. C'était le spectacle de Lucie. Il s'en voulait de tant critiquer, mais tout, chez ces gens, était tellement superficiel : leur façon de s'habiller, de s'exprimer, de se maquiller, tout.

— Quelle adorable enfant ! s'exclama une des dames quand Lucie lui fut présentée. Que ne donnerais-je pour avoir son âge !

Je ne pense pas que tu aies déjà eu son âge, chérie, renchérit le monsieur qui l'accompagnait. Tu es née en sachant tout et en voyant tout.

Toutes ces manières ennuyaient Denis, mais Lucie naviguait sans problème dans ce monde. Quand ils purent enfin se diriger vers l'endroit où était stationnée la voiture, Denis était sur le point d'éclater. Ç'aurait été dommage de gâcher une si belle soirée.

CHAPITRE ONZE

Denis n'avait aucune raison de s'inquiéter… Lucie était beaucoup trop préoccupée par ses pensées pour remarquer qu'il était maussade. Elle ne pensait qu'au jour où elle danserait le rôle d'Odette.

— J'en ai rêvé tant de fois, Denis, que ça ne peut qu'arriver. Même madame Nadja pense que j'ai de bonnes chances de danser ce rôle, et dans pas tellement longtemps.

Un épais brouillard s'était levé et Denis en profita pour se concentrer sur sa conduite. Lucie se tourna soudainement vers lui.

— Tu n'as rien à dire? Tu as à peine prononcé deux mots depuis qu'on a quitté le théâtre.

— Tu n'as pas arrêté de parler, Lucie. La route est mauvaise, on n'y voit rien. Je dois faire attention.

— Alors tu ne m'as pas écoutée non plus?

— J'ai tout entendu.

— Mais…

Elle se mordit la lèvre et décida de ne pas poursuivre la conversation. Il sembait si indifférent, si peu intéressé à ce qu'elle disait! Avait-elle bien fait de lui raconter ce qu'elle ressentait au plus profond d'elle-même? Avait-il seulement montré un peu d'intérêt à ce qu'elle disait?

— Je vais me stationner sur l'accottement en attendant que le brouillard se lève un peu, d'accord?

— C'est toi qui conduis.

— Je t'ai écoutée, dit-il après avoir arrêté le moteur. Je devais me concentrer sur ma conduite. De toute façon, je ne vois pas ce que j'aurais pu dire. Ce n'est pas la première fois que tu m'expliques ce que tu ressens.

— Je suis désolée de t'ennuyer en rabâchant sans cesse les mêmes choses, dit sèchement Lucie en se redressant.

— Allons, Lucie! Tu sais bien que ce n'est pas ce que j'ai voulu dire.

— Alors, qu'est-ce que tu as voulu dire?

— Je t'ai déjà dit que je comprenais ton ambition de devenir une danseuse étoile et que j'étais prêt à t'aider dans la mesure du possible. Que veux-tu de plus? Des flatteries? Dire un tas de choses qui ne riment à rien comme l'ont si bien fait tes amis, au théâtre?

— Ce ne sont pas mes amis, s'écria-t-elle en le regardant. C'était la première fois que je les rencontrais. Mais je les aime bien. Je les trouve très intéressants.

— Intéressants? Je n'ai jamais vu de gens aussi hautains. Ils ne voient que leur petite personne, les autres ne comptent pas. Ils n'ont pas arrêté de se vanter.

L'atmosphère, dans la voiture, était devenue si

lourde que ni Denis ni Lucie ne remarquèrent que le brouillard s'était presque dissipé.

— C'est un fait ; ils sont très doués et, de plus, intelligents, répliqua Lucie la tête haute. Ils ne t'ont pas plu parce qu'ils t'ont ignoré et qu'ils se sont occupés de moi.

— Je n'ai jamais rechigné quand on te faisait des compliments. Je ne sais vraiment pas ce qui te prend, Lucie. Il est vrai que je n'ai pas particulièrement apprécié qu'on m'ignore, personne n'aimerait ça. Ce que j'essaie de te dire, c'est que ces gens sont de merveilleux comédiens. Ils ne sont pas sincères, ils jouent un rôle.

— Je ne sais pas pourquoi on se dispute comme ça, dit doucement Lucie, tout a été si merveilleux jusqu'à maintenant.

— Tu veux savoir à quoi je pense? demanda Denis en secouant la tête. On a tellement été emporté par le ballet et par cette soirée si différente de ce que nous vivons habituellement que dès qu'on a remis les pieds sur terre, on s'en est pris à l'autre.

— Tu dois avoir raison, mais je ne comprends toujours pas pourquoi ces gens te tracassent autant. On ne les reverra probablement plus jamais et on n'aura jamais affaire à eux.

— Toi oui, Lucie. Des gens comme ça, il y en a partout dans le monde auquel tu veux appartenir. Pour eux, c'est une prise de possession d'un jeune talent en espérant qu'un peu du succès remporté par la suite retombe sur eux.

— Qu'est-ce qui t'inquiète, Denis? demanda Lucie en posant la main sur son épaule. Que je devienne suffisante et que je ne veuille plus rien savoir de toi?

Denis la regarda, surpris. Elle avait mis le doigt sur le problème et, en y pensant bien, il devait admettre qu'il avait rejeté le blâme sur tout, sauf sur sa peur de la perdre. Il est vrai qu'à son entrée à l'université, ils seraient séparés de toute façon, mais ils pourraient s'écrire et se voir pendant les vacances. Par contre, si Lucie passait les auditions et allait étudier le ballet à New York, ce ne serait plus pareil. Au début, elle penserait un peu à lui, mais elle se ferait tout de suite envahir par ce monde du ballet.

— Denis? Est-ce que je n'ai pas raison?

— Et je me sens vraiment salaud parce que je veux que tu réussisses de tout mon coeur.

— C'est le ballet qui m'a choisie, Denis. On ne décide pas de devenir ballerine comme on décide d'être professeur ou secrétaire. Il faut d'abord avoir un physique qui supporte les entraînements, et on doit suivre une route très dure et ne pas en déroger. J'ai travaillé pour ça depuis que je suis toute petite, tu le sais!

— Oui, je le sais. Après avoir vu *Le lac des cygnes*, je comprends encore mieux ce que tu dois ressentir. Ce doit être l'expérience la plus merveilleuse qui soit de pouvoir danser sur une telle musique.

— On est ensemble pour le moment, dit douce-

78

ment Lucie. Ce n'est pas assez?

Ses yeux brillaient de nouveau. La dispute était terminée. Denis caressa ses cheveux et, du bout du doigt, suivit la ligne de son cou.

— Quoi qu'il arrive, Lucie, je me souviendrai toujours de cette soirée.

Ils se jetèrent dans les bras l'un de l'autre et ressentirent la même émotion qu'à leur toute première rencontre. Le clair de lune les éclairait faiblement. La musique du pas de deux leur arriva en sourdine et, lorsque leurs lèvres se touchèrent, ils ne pensèrent plus qu'au moment présent.

CHAPITRE DOUZE

— Raconte-moi tout, Lucie, demanda madame Nadja. C'était vraiment merveilleux? Tu n'as pas été déçue?

Lucie décrivit le spectacle dans les moindres détails, et ce qu'elle avait alors ressenti, mais elle ne parla pas du reste de la soirée.

Madame Nadja voulait en savoir plus.

— Que penses-tu d'Alexandra Gurevitch? Tu n'as pas besoin d'être polie, Lucie. Dis-moi sincèrement ce que tu en penses.

Lucie décela sans peine qu'il y avait autre chose qu'une admiration mutuelle entre les deux femmes. Elle décida donc d'être très diplomate et de n'apporter aucune critique.

— Je l'ai trouvée très sympathique et elle m'a dit qu'elle m'encouragerait pendant les auditions en souvenir de votre vieille amitié. C'est très gentil à elle.

Madame Nadja éclata de rire en répétant : « Notre vieille amitié ! »

— Alexandra t'a vraiment dit ça? Elle voulait plutôt dire en souvenir de nos disputes. Nous étions toujours en compétition l'une contre l'autre quand nous faisions partie de la même compagnie. Nous étions prêtes à nous arracher les yeux pour obtenir le meilleur rôle.

— Alors pourquoi?…

— Tu le découvriras bien assez tôt, Lucie, dit Madame en souriant. Tu verras à quel point la compétition est féroce entre les danseurs d'une même compagnie. À tous les niveaux. De la première ballerine au tout dernier à faire partie du corps du ballet.

— Mais elle a dit que vous étiez restées amies.

— Oh, oui. Nous sommes devenues amies lorsque notre carrière de danseuse s'est terminée. Mais entre nous, Lucie, Alexandra ne m'a jamais pardonné d'avoir été la meilleure danseuse. Car je l'étais et je continue de l'être.

Lucie ne put s'empêcher de penser à la conversation qu'elle avait eue la veille avec Denis. Il avait peut-être raison, d'une certaine façon… mais elle ne voulait pas s'attarder là-dessus.

— Elle a dit aussi qu'elle n'avait présenté aucun élève pour les auditions.

Madame Nadja semblait ravie.

— Alexandra n'a jamais développé de réels talents. Elle est incapable de faire l'effort nécessaire que ça demande et je doute fort qu'elle sache réellement comment former de jeunes danseurs.

Madame, toujours aussi fidèle à sa discipline, fit signe à Lucie qu'il était temps de travailler. Celle-ci se dirigea vers le centre du studio, et se mit à rire intérieurement en pensant que des personnages comme madame Nadja et Alexandra n'avaient pas besoin d'ennemis.

Lucie se rendit compte que madame Nadja ne lui accordait pas autant d'attention que d'habitude. Elle semblait plutôt perdue dans ses souvenirs, se remémorant sa grande rivalité avec madame Alexandra. C'était comme si elle voulait montrer qu'elle était encore une bonne danseuse. En voulant faire une démonstration à Lucie, elle perdit l'équilibre et tomba sur le plancher, grimaçant de douleur.

Lucie s'agenouilla auprès d'elle et essaya de la relever. Madame secoua la tête et lui dit de ne pas essayer de la déplacer.

— Appelle ma masseuse, Gerta, ordonna-t-elle. Son numéro est dans mon carnet de téléphone sur mon bureau.

Lucie se dépêcha de faire ce que Madame lui avait demandé et, par bonheur, put rejoindre la masseuse.

— Je serai là dans dix minutes, au plus tard. Place un coussin sous sa tête et couvre-la avec ce que tu as sous la main.

Lucie trouva une couverture légère dans le garde-robe de Madame, prit un coussin sur une chaise et suivit les directives de la masseuse.

Madame Nadja était plus embêtée qu'elle avait mal.

— Ne t'ai-je pas dit, Lucie, au moins une centaine de fois de ne jamais interrompre un mouvement parce que les muscles peuvent se froisser? Eh bien, c'est ce que je viens de faire! Tu te rends compte? Je n'étais pas du tout concentrée sur mon mouvement. C'est comme ça qu'on se blesse! On ne peut parfois rien y faire, mais tout ceci n'était vraiment pas nécessaire.

— Vous êtes-vous souvent blessée, Madame?

— Plus de fois que je ne peux m'en souvenir. Les danseurs se blessent toujours. Tout comme les athlètes, ça fait partie de leur vie.

La masseuse, Gerta Sondheim, une Suédoise grande et carrée, se précipita dans le studio.

— Alors Nadja, qu'est-ce qui ne va pas cette fois-ci?

— Rien de bien sérieux, je pense. C'est probablement un muscle froissé, répondit Madame en décrivant ce qui s'était passé.

— Très bien, dit Gerta. Elle s'accroupit à côté d'elle et, très doucement, la fit asseoir en plaçant son épaule derrière elle pour la soutenir.

— Penses-tu pouvoir te lever? demanda-t-elle en l'aidant jusqu'à ce qu'elle soit debout.

— Comment est ton dos?

— Douloureux. Un peu raide.

— On va regarder ça, Nadja.

— Lucie, appela madame Nadja, aiderais-tu Gerta à transporter la table de massage qui est dans le garde-robe, s'il te plaît? Elle sait comment la monter, mais fais bien attention de ne pas te blesser, toi aussi.

Gerta et Lucie installèrent la table de massage, puis Gerta aida Madame à s'y étendre. Elle prépara ensuite un flacon d'huile, de l'alcool à friction, un gant-éponge, des carreaux de flanelle blanche, de la poudre. Tout simplement fascinant. Lucie n'en revenait pas. Elle regardait les doigts puissants de Gerta masser chacune des vertèbres de la colonne vertébrale de madame Nadja.

— Vous avez des mains merveilleuses, Gerta, dit madame Nadja.

— Et toi, un dos fantastique à travailler. On peut sentir chaque muscle et chaque tendon. Mais tu dois te reposer pendant quelques jours. Tu peux enseigner, mais il est hors de question que tu danses.

Une crainte soudaine s'empara de Lucie. Que se passerait-il si, juste avant les auditions, elle se froissait un muscle? Ou pire encore? Elle balaya ces pensées sombres et, pour se redonner confiance en elle, fit quelques exercices de réchauffement à la barre. Elle était entièrement maître de son corps !

Ce même soir, Denis appela Lucie. Il avait une grande nouvelle ; il était accepté en médecine.

— Et j'ai été exempté de deux cours.

— Fantastique, Denis ! Je suis vraiment contente ! Je ne savais pas que tu avais demandé des exemptions. Pour quels cours?

— Lettres classiques et composition anglaise. Je devais leur expliquer par écrit pourquoi je demandais ces exemptions.

— Quelles étaient tes raisons?

— Je leur ai dit que seuls Hippocrate et Galien m'intéressaient vraiment et que je connaissais toute leur vie.

— Hippocrate? Galien?

Denis éclata de rire.

— Hippocrate, comme dans le serment d'Hippocrate que tous les médecins connaissent. Et Galien,
un savant du monde médical d'il y a plus de mille
ans, ignorante. Tu m'as eu avec tes bourrées et tes
critiques de danse, mais là, tu dois admettre que tu
ne connais pas tout, toi non plus.

— Échec et mat. Tu as gagné! Mais au sujet de
la composition anglaise? Je ne savais pas que tu
étais un respectable écrivain en plus.

— Comment le savoir, Lucie? Je ne t'ai jamais
rien écrit. Même pas une carte postale.

— Tu n'en as jamais eu besoin, mais vas-tu
m'écrire quand tu seras loin, Denis? Je garderai
toutes tes lettres et peut-être qu'un jour, elles
auront une grande valeur.

— Pas un jour. J'espère bien qu'elles auront de
la valeur pour toi dès que tu les recevras.

Sans en parler, tous deux sentaient qu'ils
devraient très bientôt vivre loin l'un de l'autre.
Leur vie ne suivait pas le même chemin et, bien
qu'ils l'aient su depuis longtemps, ce n'était pas
facile à accepter.

— Denis, dit sérieusement Lucie, je suis vraiment très heureuse que tout se passe si bien pour
toi, mais tu vas me manquer terriblement.

— Toi aussi.

— Il ne nous reste plus grand temps à passer
ensemble.

— Alors pourquoi ne pas essayer de nous voir un peu plus? s'empressa de demander Denis. Laisse-nous au moins profiter de tout un dimanche ensemble avant tes auditions. Un peu de détente et de plaisir ne peuvent pas te faire de mal.

— Que dirais-tu d'un vrai pique-nique?

— Fantastique! J'espère que ça ne te fait rien d'y aller à bicyclette, par contre. Ma pauvre voiture est vraiment finie, cette fois-ci. Tout est à changer : la transmission, les freins, tout.

— Pauvre voiture! En auras-tu une autre?

— C'est peu probable. Quand mes parents recevront la note pour payer mes études, ils en auront assez. Écoute, Lucie, si tu ne veux pas aller à bicyclette, je crois que je vais pouvoir emprunter une voiture à un de mes amis pour la journée.

— Ne déforme pas mes paroles. Ça ne me fait rien de pédaler, quel que soit l'endroit où on va.

— Bien. Où allons-nous? As-tu une idée?

— J'aimerais bien suivre la route des fermes. Voir des vaches, des poules, sentir la bonne terre. Je vais préparer un lunch et il y aura sûrement des fermiers qui ne nous refuseront pas un bon verre de lait frais…

— Et de la tarte aux pommes?

— Peut-être des beignets frais?

— C'est donc un rendez-vous, Lucie? Dimanche prochain?

— Oui. Et n'oublie pas un gros biscuit pour Jeff. Il s'attend à ce que tu lui en apportes un.

— Il ne sera pas déçu, je te le promets.

CHAPITRE TREIZE

La température ne pouvait être plus clémente. Il faisait chaud et ensoleillé, un temps idéal pour pique-niquer. Denis et Lucie décidèrent d'aller dans une clairière près d'un ruisseau, derrière l'ancienne ferme Larose. M. Larose l'avait vendue quand ses enfants avaient décidé de déménager en ville. C'était devenu une écurie depuis, mais il y avait toujours ce petit coin, près du ruisseau, qui donnait la nostalgie du bon vieux temps.

Un ami de Denis déposa ce dernier et sa bicyclette chez Lucie, vers neuf heures. Lucie finissait de préparer le pique-nique.

— Comment sais-tu que j'aime les oeufs à la diable, Lucie? Combien en as-tu fait?

— Six.

— Mmmm. Et quoi d'autre?

Lucie ouvrit la porte du réfrigérateur et en sortit du poulet frit, des salades de pommes de terre et de chou cru, un pot de cornichons, des tomates et de la laitue.

Denis se mit à siffler en voyant tant de bonnes choses sur le comptoir de la cuisine.

— Qui d'autre vient avec nous, Lucie? Je pensais que nous y allions juste tous les deux.

— Tu es en pleine croissance, Denis, et tu dois

beaucoup manger. Qu'est-ce que tu caches derrière ton dos?

Il montra un thermos qu'il avait rempli de jus de pomme.

— Froid, bien sûr. Je ne te demanderais jamais de boire du jus de pomme chaud.

— Je l'espère bien! Mais je pensais que c'était juste un pique-nique, pas un banquet.

— Sais-tu, Lucie, que dans le Sud de la France et, du reste, partout dans ce pays, personne, mais absolument personne penserait à un pique-nique sans vin? Mais comme tu es en plein entraînement, c'est du jus de pomme.

— Vous êtes prêts? cria la mère de Lucie du haut de l'escalier. Vous avez besoin d'aide?

— Non, maman. Tout est sous contrôle. Il ne reste plus qu'à tout emballer.

— Passez une bonne journée. Essayez de revenir avant qu'il fasse nuit, d'accord? C'est plus prudent.

— D'accord, maman.

Ils emballèrent la nourriture dans du papier d'aluminium et la rangèrent dans deux contenants qu'ils placèrent dans le panier de leur bicyclette. Denis ajouta le gros biscuit qu'il avait promis d'apporter pour Jeff.

La porte de la cuisine s'ouvrit et Thierry entra en trombe, Jeff sur les talons.

— Pourquoi je ne peux pas venir, moi aussi? demanda-t-il. Si Jeff peut y aller, pourquoi pas moi?

— Ta façon de voir les choses semble très logique, Thierry, répondit Denis, mais ça ne fonctionne pas comme ça.

— Qu'est-ce que tu veux dire?

— Laisse-moi faire, Denis, s'empressa de dire Lucie.

Elle ordonna à Jeff de s'asseoir et se tourna ensuite vers son frère.

— On a décidé d'aller pique-niquer juste tous les deux et c'est tout. Tu es un être humain, pas un chien et c'est pour ça que Jeff peut venir et pas toi.

Thierry savait qu'il lui était inutile de discuter là-dessus. Il sortit de la cuisine la mine renfrognée.

Denis et Lucie n'étaient pas pressés. Il y avait peu de trafic et ils pédalaient presque toujours côte à côte. Lorsqu'une automobile arrivait, Denis se rangeait derrière Lucie jusqu'à ce qu'elle soit passée. Jeff courait à travers champs. Il les devançait parfois, mais revenait bien vite auprès d'eux.

Environ une heure plus tard, le pneu arrière de la bicyclette de Lucie se dégonfla.

— Arrête! cria Denis en la rattrapant. Tu ne peux pas rouler avec une roue comme ça ; on ferait mieux de marcher jusqu'à la prochaine station-service.

— C'est vrai. Je voulais réparer ma roue la dernière fois que j'ai utilisé ma bicyclette, mais j'ai oublié. On a loin à marcher?

— On a de la chance, la prochaine station-service est à environ un kilomètre.

Ils poussèrent leur bicyclette et marchèrent en se donnant la main. Jeff disparaissait derrière les fourrés, puis réapparaissait et les attendait en bougeant la queue.

— Quel bon chien! s'exclama Denis. As-tu eu un autre chien avant lui?

— Juste un. Un terrier à poils durs. Mais il avait la mauvaise habitude de courir après les voitures. On n'arrivait pas à lui faire passer cette manie. Tu devines ce qui est arrivé? Je ne voulais plus de chien après ça. Pas avant bien longtemps. Mais quand maman a commencé à travailler à temps plein, mes parents n'aimaient pas que Thierry et moi soyons seuls à la maison après l'école, alors on est allé à la fourrière voir ce qu'ils avaient.

— Il n'y a pas souvent des chiens comme Jeff à adopter.

— Je le sais. Dès que je l'ai vu, je l'ai tout de suite aimé. Jeff ferait n'importe quoi pour moi en cas d'urgence.

En disant cela, elle était loin de se douter qu'il aurait bientôt à prouver qu'elle avait raison.

Ils arrivèrent à la station-service. Denis gonfla le pneu et acheta deux boissons rafraîchissantes.

— On est presque à mi-chemin, Lucie. Je commence à avoir faim.

— Moi aussi. Partons!

Peu de temps après, ils appuyaient leur bicyclette contre un arbre et étendaient une couverture sur une petite colline qui menait à un ruisseau limpide. L'eau courait sur les pierres avec un joyeux clapotis.

Ils placèrent la nourriture sur des assiettes en carton ; Jeff prit le biscuit que Denis lui avait donné et s'éloigna pour le manger. Il voulait le manger en paix. Denis versa le jus de pomme dans des verres en plastique et proposa un toast.

— À nous et à ces jours heureux qu'on n'oubliera jamais.

Lucie trinqua avec lui.

— À toi.

Denis cala le thermos entre les pierres dans le ruisseau pour le garder bien froid. Tout était vraiment délicieux. Quand ils eurent fini, ils secouèrent la couverture, s'étendirent au soleil et… s'endormirent.

Lucie se réveilla la première et s'assit. Elle se frotta les yeux et s'étira. Elle se sentait si bien. Elle regarda Denis. Il dormait toujours, les lèvres entrouvertes, comme s'il allait sourire. Lucie ne put résister à l'envie de l'embrasser. Il ouvrit les yeux, puis les referma.

— Encore, murmura-t-il, encore.

Comme Lucie se penchait de nouveau au-dessus de lui, il l'attira tout contre lui. Ils roulèrent dans l'herbe jusqu'au bord du ruisseau. En riant aux éclats, ils parvinrent à s'asseoir et à reprendre leur souffle.

— Je me demande combien de temps on a dormi.

— Deux bonnes heures, Denis, je n'arrive pas à y croire ! s'exclama Lucie en jetant un coup d'oeil à sa montre.

— La balade à bicyclette a dû nous épuiser. Il nous reste encore beaucoup de temps, ne t'inquiète pas.

— Je me demande où est passé Jeff. Je voulais garder un oeil sur lui.

— Il va bien. Il ne doit pas être loin, il visite les environs.

— Mais deux heures? On ferait mieux d'aller à sa recherche. S'il fallait que quelque chose lui arrive, je ne me le pardonnerais jamais.

Denis se leva, plus inquiet qu'il ne le laissait paraître. Il prit Lucie par la main et ils se dirigèrent vers l'endroit où Jeff s'était installé pour manger son biscuit.

— Il a dû dormir, lui aussi, expliqua Denis et, à son réveil, quand il a vu qu'on dormait encore, il est allé se promener.

— Il peut avoir pris n'importe quelle direction.

Ils parcoururent le champ en l'appelant, mais aucun signe du setter. Ils commencèrent à fouiller les buissons. Peu leur importait les accrocs à leurs vêtements et les éraflures sur leurs bras.

— Jeff, criait Lucie, Jeff! reviens!

Denis se mit à appeler lui aussi, puis ils s'arrêtèrent, écoutant le bruit des branches et des feuilles. Aucun signe de Jeff dans le bois. Ils l'appelèrent encore, sans succès.

— Un setter comme Jeff peut parcourir de grandes distances sans pour autant se perdre, Lucie. On devrait retourner à l'endroit du pique-nique pour qu'il puisse nous retrouver. On ne fait peut-être que tourner autour de lui.

— On doit continuer à le chercher, insista Lucie. On va se séparer et partir dans des directions opposées tout en continuant de l'appeler.

Elle était au bord des larmes ; Denis aurait voulu être un magicien et, d'un coup de baguette magique, faire réapparaître Jeff. Mais, malgré ses paroles réconfortantes, un léger doute commençait à le tenailler. Jeff était peut-être vraiment perdu.

— Pourquoi ne retournes-tu pas, Lucie, je vais continuer les recherches. Tu es toute éraflée et ça n'arrangera pas les choses.

— Tu as peut-être raison. Jeff attend peut-être là où il a terminé son biscuit.

Elle avait l'air si malheureuse que Denis se rendit bien compte qu'elle ne croyait pas ce qu'elle disait. Il ne voulait pas lui faire de fausses promesses, mais il ne supportait pas de la voir dans un tel état.

— Il faut tenir compte de cette possibilité. Tu sauras retrouver ton chemin?

— Je peux trouver la route, dit-elle. Et elle éclata en sanglots. Denis, s'il est vraiment perdu?

— Je vais continuer à chercher et à appeler, Lucie. Vas-t'en maintenant, s'il te plaît.

Elle fit un signe de tête et prit le chemin du retour. Denis s'enfonça dans le bois en appelant Jeff le plus fort possible. Il crut soudain entendre un bruit qui venait de sa droite. Il se fraya un chemin dans cette direction. Ce n'était pas une illusion. Denis entendit une faible plainte. La même plainte qu'il entendait si souvent à la fourrière quand un chien était blessé ou effrayé.

— Jeff! reste où tu es, j'arrive.

Denis se mit à courir. Il était maintenant suffisamment près pour distinguer la fourrure noire et blanche du chien à travers les bosquets quand, soudain, sa jambe gauche fut saisie avec une telle force qu'il trébucha par terre. Une douleur incroyable parcourut tout son corps. C'était comme une brûlure intense. Il poussa un tel cri que Jeff réussit à se dégager et accourut à ses côtés. Il se mit à aboyer et à hurler si fort que les sons se répercutèrent dans le bois et parvinrent aux oreilles de Lucie qui venait d'arriver à la clairière.

CHAPITRE QUATORZE

Lucie sut ce qu'éprouvaient les gens qui disaient que leur sang se glaçait dans leurs veines. Un frisson la parcourut malgré le soleil brûlant. Son coeur se mit à battre très fort, gênant sa respiration, et, pendant quelques secondes, elle eut l'impression que le ciel s'était assombri. Lucie ne s'était encore jamais évanouie, mais elle dut s'appuyer contre un arbre pour ne pas tomber. Elle devait rester forte. Lorsque le premier choc fut passé, elle réussit à se resaisir et essaya de comprendre ce que signifiait ces horribles sons.

Elle savait en tout cas que les aboiements et les hurlements venaient de Jeff. Il criait sa douleur et sa peine comme il l'avait fait la fois où il était tombé sur un outil pointu en bas des escaliers chez elle. Que lui arrivait-il maintenant? Elle retourna dans le bois en se laissant guider par les plaintes de Jeff.

— J'arrive, Jeff! J'arrive!

Mais elle avançait si lentement! Pourtant elle luttait sans relâche pour écarter les branches et les ronces... Elle aurait aimé pouvoir voler!

Mais où était Denis? Il avait dû entendre Jeff encore mieux qu'elle. Il devait être très loin dans le bois. Pourquoi n'était-il pas allé vers Jeff pour l'aider s'il était en difficulté?

— Denis! cria-t-elle. Où es-tu? Denis!

Pour toute réponse, elle n'avait que les plaintes de Jeff, comme s'il avait été sauvagement blessé. Elle essaya d'avancer encore plus vite. Une petite branche d'aubépine lui zébra le front. Quelques gouttes de sang perlèrent. Elle trébucha contre une racine et s'écrasa les orteils. Elle essaya d'avancer avec plus de précautions, contournant autant que possible les obstacles qu'elle rencontrait. Il ne fallait pas qu'elle se blesse, elle non plus. Surtout maintenant!

— Denis! Où es-tu? appela-t-elle de nouveau.

Elle avançait toujours, sentant la colère l'envahir. Denis ne pouvait pas être bien loin. Il devait même être tout près. Alors, pourquoi faisait-il la sourde oreille? Ne l'avait-il pas entendu crier? Et les hurlements de Jeff? S'était-il arrêté de chercher? Impossible! Mais où était-il? Que faisait-il de sa force et de son assurance dans un cas d'urgence comme celui-ci? L'avait-elle si mal jugé? Il l'avait renvoyée à l'endroit où ils avaient pique-niqué et lui avait promis de poursuivre les recherches. Il était mieux d'avoir une bonne raison quand elle le rencontrerait.

Denis! Où es-tu? Réponds-moi! cria-t-elle une dernière fois.

Et quand, quelques minutes plus tard, elle contourna un rocher, le spectacle qui s'offrit à elle fut si horrible qu'elle s'effondra près de Denis, incapable de prononcer un seul mot.

La jambe gauche de Denis était prise dans un piège en métal, sûrement mis en place par un fermier qui voulait se débarrasser des ratons laveurs. Denis était assis et essayait de desserrer les mâchoires du piège à mains nues, mais les mâchoires se resserraient davantage sur sa jambe, faisant gicler le sang de la plaie. Jeff n'était pas loin, surveillant de près son ami. Toutes ses plaintes étaient un appel au secours. Dès qu'il vit Lucie, il se tut comme pour dire que, maintenant qu'elle était là, elle saurait quoi faire.

Lucie fixait la plaie et elle n'arrivait pas à réagir. Denis avait le teint cireux, et suait à grosses gouttes. Il arrêta de forcer le piège et ferma les yeux pour les rouvrir bien vite. Après avoir pris une grande respiration, il donna ses instructions à Lucie. Sa voix n'était qu'un faible murmure.

— Il faut un tourniquet, dit-il. Enlève ton foulard et plie-le pour faire un bandage.

Lucie détourna ses yeux de la plaie. Elle s'obligea à rester calme et à agir rapidement, même si elle avait tendance à penser aux conséquences possibles d'un tel accident. Denis lui montra à quel endroit nouer le foulard.

— Noue-le autour de ma cuisse, Lucie. Là. Pas trop serré et fais un noeud.

Les mains tremblantes, elle fit ce qu'il lui demandait.

— C'est bien, approuva Denis. Maintenant, trouve un bâton de la grosseur d'un crayon et passe-le dans le noeud.

Elle trouva très vite un bâton de la grosseur voulue et se rendit compte, en le passant dans le noeud qu'elle n'avait prononcé aucun encouragement, aucune parole chaleureuse.

— Tu ne peux pas savoir combien je suis désolée, mais ça va bien aller, Denis. Tu verras. Continue à me dire ce que je dois faire.

Il essaya de sourire, mais une douleur aiguë lui secoua la jambe.

— Je sais, dit-il quand la douleur se fit moins intense et sa respiration plus régulière . Passe le morceau de bois dans le noeud, répéta-t-il et tourne-le.

Lucie avait peur de le blesser davantage. Elle tourna doucement le bâton et sentit que le bandage commençait à se resserrer.

— Encore, Lucie. Tourne encore.

Quand le garrot fut assez serré, le sang s'arrêta de couler de la plaie.

— Donne-moi ta montre, Lucie, j'ai laissé la mienne chez moi.

Elle tira sur son bracelet-montre. Denis prit la montre et nota l'heure qu'il était.

— Je dois desserrer le bandage au moins toutes les quinze minutes pour maintenir la circulation dans ma jambe. Ça devrait aller jusqu'à ce que tu trouves de l'aide.

— Je ne peux pas te laisser comme ça ! protesta Lucie.

— Tu ne peux rien faire de plus pour moi ici.

Il avait raison. Ses connaissances en secourisme

avaient été bien utiles pour fabriquer le tourniquet et l'installer, mais maintenant, qu'attendait-elle? Elle devait sonner l'alarme pour le sortir de là.

— Appelle la police, Lucie. Ils enverront une équipe d'urgence.

Jeff vint se frotter contre Lucie, lui faisant comprendre qu'il voulait l'accompagner. Mais Lucie se recula en espérant que le chien comprenne ce qu'elle attendait de lui.

— Reste, Jeff. Reste avec lui, ordonna-t-elle en pointant Denis du doigt.

Jeff regarda Denis, puis Lucie. Il hésita. Lucie l'empoigna par le collier et le poussa près de Denis.

— Reste, Jeff. Reste là.

Jeff se coucha près de Denis et lui lécha la main. Lucie soupira de soulagement. Si elle devait quitter Denis, Jeff, lui, pouvait lui tenir compagnie et le protéger contre les animaux qui pouvaient être attirés par l'odeur du sang.

Lucie retira le léger pull over qu'elle portait et en couvrit les cuisses dénudées de Denis, espérant lui apporter ainsi un peu de chaleur et de réconfort.

— Je vais prendre ma bicyclette, et aller à la ferme la plus proche.

— Essaie d'abord la ferme où il y a des chevaux. Il doit y avoir quelqu'un, avec toutes ces étables.

Elle acquiesça, l'embrassa sur le front et refit le même chemin qu'à l'aller plutôt que d'essayer de couper à travers bois et de risquer de se perdre. Il n'était pas plus facile de se frayer un chemin qu'à

101

l'aller. C'était même plus difficile, car elle devait gagner du temps. C'était une question de vie ! Non seulement elle avait peur de se blesser, mais elle revoyait Denis comptant les minutes pour desserrer et resserrer le tourniquet. Il pouvait s'effondrer s'il perdait trop de sang et même perdre sa jambe, si la gangrène s'y installait.

Lucie arriva enfin à la clairière. Elle pensa qu'elle devait s'assurer de retrouver son chemin dans le bois quand elle reviendrait avec la police. Quel indice pouvait-elle laisser pour marquer son chemin ? Elle déchira son pan de chemise, le noua à une branche qu'elle planta bien en vue comme s'il s'agissait d'un drapeau.

Ensuite, elle courut à l'endroit où ils avaient pique-niqué, enfourcha sa bicyclette qui était toujours appuyée contre un arbre et se mit à pédaler à toute vitesse jusqu'à la première maison. Elle se précipita à la porte d'en avant, mais elle était fermée. La porte d'en arrière était aussi fermée. Regardant par les fenêtres, elle ne vit personne.

Regrettant de ne pas avoir suivi les instructions de Denis à la lettre, elle se dirigea vers les écuries. Pas de chevaux dans les champs… pas âme qui vive. En s'en allant, elle se rappela d'une foire aux chevaux qui avait lieu pas très loin. Bien sûr, les chevaux devaient être à cette foire ! Denis n'y avait pas pensé, lui non plus. Quel temps précieux elle venait de perdre !

Quand Lucie fut partie, Denis lutta pour se

maintenir réveillé. Il ne devait pas perdre conscience. Tout ce qu'il voulait, c'était de pouvoir s'étendre dans un bon lit, et se laisser glisser dans un profond sommeil pendant des heures et des heures. Il ressentit une légère douleur et, lorsqu'il dénoua le tourniquet, le sang coula de sa plaie, mais il ne gicla pas comme au début.

Je me vide peut-être de mon sang, pensa-t-il. Il s'imagina alors qu'il devenait l'attraction principale d'un cirque. L'homme qui n'a plus de sang. Des foules entières se déplaçaient des quatre coins du monde pour le voir. *Ça suffit,* se dit-il, *ne fais pas l'imbécile, pas si tu tiens à ta vie!*

Il se sentait faible et étourdi. Il se laissa glisser au sol et manqua s'endormir, mais Jeff, comme s'il était conscient du danger, commença à aboyer, à grogner et à lui donner des petits coups de patte. Denis le regarda. Bon chien! Il le tenait réveillé. Lucie avait raison à son sujet. Jeff était un bon chien de compagnie et de protection.

Il jeta un coup d'oeil à la montre de Lucie. Il était temps de desserrer de nouveau le tourniquet. Lucie l'avait quitté depuis déjà trente minutes. Où était-elle maintenant? Avait-elle rejoint la ferme des chevaux? Quelle chance qu'elle soit si près. Avec un peu plus de chance, le vétérinaire serait peut-être là. Dans la situation où il se trouvait, pris au piège comme un animal, un vétérinaire serait aussi valable qu'un médecin, sinon plus. Il s'imagina Lucie expliquant ce qui s'était passé à un garçon d'écurie. Il devait tenir bon à tout prix jusqu'à ce que les secours arrivent.

C'était de plus en plus difficile de lutter. Que se passerait-il s'il flanchait? S'il devait perdre une jambe, c'était peut-être mieux d'en finir maintenant. Il refusait de se voir infirme, en chaise roulante pour le restant de ses jours. Il était vrai que beaucoup d'infirmes vivaient très heureux. Dans son cas, était-il vraiment temps de mourir alors qu'il allait avoir à peine dix-neuf ans? Devait-il laisser un stupide accident décider de sa vie?

Ce n'était pas une bonne idée de se coucher. Lentement, avec des efforts démesurés, Denis s'assit. Il avait froid malgré le chandail que Lucie lui avait laissé. Soit qu'il frissonne, soit qu'il soit en sueur. Il savait que, si les secouristes n'arrivaient pas assez vite, il ne sentirait plus rien.

Il n'était pas prêt à mourir et il ne mourrait pas s'il recevait les soins qu'il lui fallait. Il devait faire quelque chose, alors il cria aussi fort que possible : Lucie! Vite! Pour l'amour de Dieu, vite!

CHAPITRE QUINZE

Lucie poussa sa bicyclette sur le chemin de terre qui longeait l'écurie et grimpa en haut d'une colline pour scruter l'horizon. C'était une région de fermes laitières avec d'immenses champs de blé et de maïs qui servaient à nourrir les appétits voraces des troupeaux de vaches. Il y avait peu de maisons parmi toutes ces fermes. Cependant, l'une d'elles, cachée entre les arbres, retint son attention.

Elle enfourcha sa bicyclette et se mit à pédaler avec acharnement vers la maison. La route était pleine de roches et d'ornières profondes. Lucie se dit qu'elle pouvait tomber n'importe quand et elle fut envahie par la peur de se blesser. Les auditions étaient à moins d'une semaine, et chacun des os et des muscles de son corps étaient prêts à donner le maximum pendant les dix minutes fatidiques sur scène devant les trois juges new-yorkais. Elle était seule à savoir les efforts qu'elle avait fournis pour se qualifier pour les auditions, et tout serait compromis si elle se blessait en essayant de franchir cette route pleine d'obstacles.

Et si elle abandonnait sa bicyclette et marchait jusqu'à la maison? Elle essaya d'évaluer la distance qui la séparait de cette maison. Il y avait tout de même plusieurs kilomètres. Elle prendrait deux fois plus de temps si elle marchait. Elle revit Denis seul et sans défense avec Jeff, ses yeux bleus rivés sur sa montre pour desserrer à temps le tourniquet. Du temps! Le temps filait et elle était là à réfléchir. Elle devait tout essayer. Que faire d'autre? Refuser de venir en aide? Ralentir et bien faire attention pendant que Denis pouvait se vider de son sang ou perdre sa jambe?

Lucie repoussa toutes ces idées. Elle devait mener sa mission à bien : libérer Denis de ce piège et le faire transporter à l'hôpital le plus vite possible. Elle poursuivit son chemin en faisant attention et en essayant de maintenir une certaine vitesse. Plus la maison se rapprochait, plus elle pédalait vite. Elle connaissait cette maison. Mais oui, elle l'avait déjà visitée.

Soudain, la roue avant de sa bicyclette heurta une roche et elle fut projetée sur la route, sa jambe droite repliée sous elle. Tremblante, elle se releva et tâta sa jambe pour vérifier si elle n'était pas cassée. Elle serait probablement un peu raide, mais avec quelques massages et un peu d'exercice, tout rentrerait dans l'ordre. Peu importe les blessures, elle devait continuer! De peine et de misère, elle remonta sur sa bicyclette, et, en dépit de la douleur, essaya d'atteindre la maison dans un temps record.

En ouvrant la clôture et en claudiquant vers la maison, Lucie se rappela y être venue un dimanche après-midi avec Laure et sa famille pour rendre visite à tante Jeanne qui venait de perdre son mari.

— Tu vas l'adorer, avait dit Laure. Tout le monde l'aime.

Elles avaient passé une journée très agréable. Tante Jeanne était si gentille et si accueillante. Lucie se laissa tomber sur les marches du balcon, épuisée, la douleur de sa jambe descendant jusque dans les orteils.

— Tante Jeanne! appela-t-elle. Tante Jeanne, aidez-moi!

La porte grillagée s'ouvrit. Tante Jeanne apparut, accompagnée de Laure et de son ami, Christian Masson. Ils accoururent auprès de Lucie et la bombardèrent de questions.

Lucie leva une main pour les arrêter.

— S'il vous plaît! Ce n'est pas moi, c'est Denis! Appelez la police et expliquez-leur ce qui arrive.

En quelques mots elle leur décrivit l'accident.

— Vous vous souvenez de la clairière? Elle est dans le bois, juste au fond. Vous verrez un morceau de ma chemise suspendue à une branche. Denis est un peu plus loin, près d'une grosse roche. Appelez la police et dites-lui de se dépêcher, s'il vous plaît!

Christian se précipita à l'intérieur de la maison pour téléphoner. Tante Jeanne et Laure aidèrent Lucie à se lever et l'installèrent confortablement dans un fauteuil la jambe posée sur un coussin.

Laure lui prit la main et la serra.

— Et qu'est-ce qui t'est arrivé, à toi?

— Pas grand-chose. Est-ce que Christian a pu

107

rejoindre la police?

— Il a eu la téléphoniste, Lucie, dit tante Jeanne. Elle sait comment obtenir de l'aide le plus rapidement possible.

— C'est une urgence, expliquait Christian au téléphone. Il expliqua l'accident. Je peux aller à la rencontre de l'ambulance à la clairière et montrer à quel endroit se trouve le blessé.

— Allez-y, répondit l'opératrice. L'équipe d'urgence sera déjà sur les lieux quand vous y arriverez.

Christian se dirigea vers la porte et Lucie demanda à Laure de l'accompagner.

— Occupe-toi de Jeff. Il te connaît si bien qu'il se tiendra tranquille quand ils s'occuperont de Denis.

— Bien sûr. Ne sois pas inquiète, tante Jeanne va bien s'occuper de toi.

Christian prit la camionnette de tante Jeanne et conduisit le plus vite possible.

Tante Jeanne enleva doucement la chaussette de Lucie.

— Tu dois te reposer, Lucie. Tu semble épuisée. Je vais te donner deux cachets d'aspirine et préparer une compresse froide pour cette cheville. Aimerais-tu une bonne tasse de thé?

— Oh oui, merci!

Pendant que tante Jeanne allait à la cuisine, Lucie examina sa cheville et vit qu'elle était tout enflée et douloureuse au toucher. Les orteils du milieu tournaient au violet et au noir, mais parfois, après une session avec Madame, ses orteils étaient blessés et saignaient. Ce ne devait pas être bien grave. Les danseuses se blessaient toujours. Il lui faudrait un peu de repos, quelques traitements et elle serait de nouveau prête à danser. Elle devait appeler Madame. Celle-ci saurait beaucoup mieux qu'elle quoi faire.

— Repose-toi, avait dit tante Jeanne en revenant avec les aspirines et la compresse. Elle lui apportait aussi du thé, du pain grillé et de la confiture.

— Je dois faire un appel immédiatement, tante Jeanne. C'est très important.

— D'accord. Je vais t'apporter le téléphone. Je ne pense pas que tu doives marcher avant d'avoir vu un médecin.

Madame Nadja essaya de rester calme, mais Lucie avait entendu cette profonde inspiration lorsqu'elle avait fini de lui raconter comment elle s'était blessée.

— Tu dois immédiatement voir un médecin, Lucie, dit-elle. Dis-moi où tu es et comment y aller et je passe te prendre tout de suite.

— Je croyais qu'on pouvait demander à Gerta de regarder mon pied et de le masser. Elle vous a remise sur pied en moins de deux l'autre jour.

— Ce n'était rien, Lucie, mais ce qui t'est arrivé peut être plus grave. Inutile de perdre notre temps à discuter de ça. Je t'amène voir mon médecin, pas ma masseuse.

Tante Jeanne prit le téléphone et expliqua le chemin à madame Nadja. Vous devriez être ici dans

109

environ vingt minutes.

Elle entoura la cheville de Lucie avec la compresse et la regarda avaler les cachets d'aspirine.

— Cette dame doit beaucoup t'aimer, dit-elle ensuite à Lucie. C'est très gentil à elle de tout laisser pour venir s'occuper de toi.

— Oui, c'est vrai.

Mais il y a autre chose, pensa Lucie. *Madame pense aux auditions tout comme moi. Elle pense à toute l'énergie qu'elle a mise pour m'entraîner. Comment on a travaillé, espéré ensemble pendant tous ces mois et même toutes ces années.*

Tante Jeanne enleva la compresse et voulut la remplacer, mais Lucie l'en empêcha.

— Ça ne fait pas si mal. Comment trouvez-vous mon pied? Pensez-vous que ça va mieux?

— Je crois que l'enflure a un peu diminué, Lucie.

— Vraiment?

Lucie se raccrochait désespérément à un semblant d'espoir. Elle le savait pertinemment, mais était-il préférable de ne rien espérer? Je dois être horrible. S'il vous plaît, tante Jeanne, pourriez-vous m'apporter une serviette pour me laver?

— Bien sûr.

Lucie fouilla dans sa poche et en sortit une petite trousse de maquillage. Un coup d'oeil dans son petit miroir suffit pour lui montrer qu'elle n'était pas juste recouverte de poussière et d'éraflures, mais que son visage était zébré d'égratignures. Tante Jeanne lui tendit un linge humide. Un peu de fond de teint couvrirait ses éraflures, mais pour ce qui était des bleus?

Tante Jeanne lui conseilla d'essayer de la lotion calamine. Elle imbiba une ouate avec la lotion et tamponna les marques sur le visage de Lucie.

— Tu as l'air d'avoir attrapé la rougeole, Lucie.

— S'il n'y avait que ça, tante Jeanne!

— Tu ne parles pas sérieusement.

— Oh oui. Si ce n'était que la rougeole, je pourrais continuer à danser.

Un coup de klaxon les prévint que Madame était arrivée. Elle entra comme une flèche, sans sonner et se dirigea immédiatement vers Lucie sans un mot pour tante Jeanne. Elle souleva la compresse, appuya autour de la cheville et fit bouger le pied, mais évita de toucher les orteils.

— Ce n'est pas si mal, Lucie, dit-elle en se relevant. J'ai déjà dansé avec pire que ça. Peux-tu te lever?

Lucie s'appuya contre le fauteuil et se leva lentement. Elle sentit une petite douleur, mais rien d'alarmant.

Madame la regardait intensément.

— Maintenant, fais quelques pas.

La douleur amplifia, mais Lucie marcha.

— C'est assez pour le moment. Je vais t'aider à monter dans la voiture et on ira directement à l'hôpital.

— Pourquoi à l'hôpital, Madame? Pensez-vous qu'il y ait une fracture? Dites-le-moi. Je dois le savoir.

— On ne peut rien savoir tant qu'on n'a pas radiographié ton pied et ta jambe. Mon médecin s'occupe de tout et il sera sur place pour lire les radiographies dès qu'elles seront développées.

— Mais, vous venez juste de dire, continua Lucie, que mon pied n'avait pas l'air si mal en point.

— Je ne suis pas médecin, Lucie, répondit Madame un peu sèchement. J'aimerais que tu me fasses un peu plus confiance. J'ai plus d'expérience que toi en ce qui concerne les blessures, et je ne veux que t'aider.

Soudain, consciente d'avoir été impolie, Madame se tourna vers tante Jeanne.

— Merci pour vous être si bien occupée de Lucie, dit-elle. Excusez-moi ! Je ne voulais pas être impolie, mais il y a tellement d'enjeux !

— Je comprends, dit tante Jeanne en ramassant la chaussure et les chaussettes de Lucie. Vous voulez rapporter ça aussi?

Lucie se rappela alors pourquoi elle était là. Les blessures de Denis étaient tellement plus importantes que les siennes et, depuis le départ de Laure et de son ami, elle n'avait fait que penser à elle.

— Devons-nous partir maintenant, Madame? J'aimerais avoir des nouvelles de Denis, savoir s'ils ont réussi à le dégager et à le transporter à l'hôpital.

— Tu as fait tout ce que tu pouvais pour lui, dit Madame en fronçant les sourcils. Tu auras de ses nouvelles très bientôt, mais maintenant, tu dois vraiment venir avec moi.

Tante Jeanne voulez-vous s'il vous plaît demander à Laure d'amener Jeff chez elle. Je passerai le prendre dès que je le pourrai. Merci pour tout, dit-elle en l'embrassant.

CHAPITRE SEIZE

Comme l'avait promis la téléphoniste, l'équipe d'urgence était sur les lieux quand Laure et Christian arrivèrent.

Les trois hommes qui formaient l'équipe d'urgence avaient une trousse de premiers soins, une bouteille d'oxygène, une civière et des couvertures. Conduits par Laure et Christian, ils arrivèrent bien vite auprès de Denis, mais cela lui parut une éternité.

— Délivrez-moi de ce piège, demanda-t-il en serrant les dents. Je ne peux plus l'endurer.

— L'homme qui portait les outils s'agenouilla auprès de Denis et étudia rapidement le piège.

— Ne t'inquiète pas, fiston. Ce n'est pas la première fois que quelqu'un se prend dans un de ces pièges. J'ai tout ce qu'il faut pour te libérer.

— Je ne l'avais pas vu, expliqua Denis après avoir pris une grande respiration. Je ne savais pas ce qui m'avait frappé.

— Les gens savent qu'il est illégal de tendre ces pièges.

Il se mit au travail sans plus attendre. Il utilisa des pinces à levier et réussit à séparer les mâchoires du piège, libérant ainsi la jambe de Denis.

— Voilà, jeune homme. C'est un piège qui ne

115

sera plus jamais réutilisé. On va essayer d'en retracer le propriétaire, dit l'homme en plaçant le piège dans un sac. Et gare à lui si on le trouve, tu peux en être certain!

Denis gémit et posa sa tête sur l'oreiller que l'infirmier venait d'amener. Plusieurs soubresauts le secouèrent.

Les infirmiers s'agenouillèrent près de lui et prirent son pouls.

— On va te sortir de là avant que tu ne t'en rendes compte.

Denis toussa pour s'éclaircir la voix. Il voulait savoir. Il devait poser la question, mais il avait terriblement peur d'entendre la réponse.

— C'est très mauvais? Je vais perdre ma jambe?

— Ça pourrait être pire, répondit un infirmier en évitant de donner des précisions. Tu es jeune et fort et c'est un bon point pour toi. Essaie de te détendre le plus possible. Es-tu allergique à la pénicilline? Non? C'est parfait. Pour le moment, il faut enrayer l'infection et je crois qu'on peut la contrôler.

L'infirmier enleva le tourniquet et saupoudra la plaie d'une poudre de pénicilline. Il fit ensuite un bandage. Puis, il prit la pression de Denis et écouta son rythme cardiaque.

— Tu es en très bonne forme, si l'on tient compte de ce que tu viens de vivre.

Denis fit un signe de la tête, mais la voix de l'infirmier semblait venir de très loin. Sa peau tournait au gris et elle était froide au toucher. Les pupilles étaient dilatées et sa respiration, rapide et superficielle.

— Il est en état de choc, annonça l'infirmier en installant le masque à oxygène. Inspire, Denis, inspire très profondément. Inspire. Expire. Inspire. Expire. C'est ça. C'est parfait!

L'infirmier prit ensuite sa radio à ondes courtes et téléphona directement au médecin à l'hôpital. Il décrivit l'état de Denis en des termes cliniques, écouta et répéta les instructions.

— Je vais t'administrer un sédatif, expliqua-t-il ensuite à Denis, puis on va installer un tube dans ton bras pour administrer du dextrose par voie intraveineuse. Ça va te redonner du tonus.

Denis commençait à se sentir un peu mieux et, pour la première fois, il remarqua la présence de Laure et de Christian. Il leur fit signe de s'approcher de lui et, quand ils furent près, il agrippa le bras de Laure.

— Où est Lucie? demanda-t-il. Elle m'a dit qu'elle reviendrait avec la police.

Laure se dit que Denis ne devait pas s'inquiéter outre mesure. Elle décida donc de masquer la vérité.

— Elle voulait venir, Denis, mais elle était tellement bouleversée quand on l'a rencontrée qu'on l'a obligée à rester et on est venu à sa place.

Denis eut l'impression qu'il manquait des éléments pour reconstituer l'histoire, mais il n'avait pas la force de poser d'autres questions.

— Occupez-vous de Jeff, murmura-t-il.

117

Amenez-le à Lucie pour ne pas qu'elle s'inquiète à son sujet.

Il était épuisé et ferma les yeux. Qu'est-ce qui l'attendait maintenant? Il voulut s'asseoir et exiger qu'on lui réponde franchement, mais on l'avait attaché sur la civière et on le transportait.

— Ne t'énerve pas, dit l'infirmier qui se tenait près de la civière, transportant le sac de perfusion. Tu seras bientôt à l'hôpital.

Christian transportait la bombonne d'oxygène et la trousse de premiers soins et Laure fit signe à Jeff de les suivre. Dès qu'ils arrivèrent à la clairière et que Denis fut installé dans l'ambulance, Laure et Christian suivirent Jeff jusqu'à l'emplacement du pique-nique et mirent la bicyclette de Denis dans la camionnette.

Le conducteur de l'ambulance fit fonctionner la sirène, ce qui empêcha Denis de sombrer dans un profond sommeil.

— Mes parents! s'écria soudain Denis.

Ils ne savaient rien de l'accident. Pour eux, Denis et Lucie étaient partis pique-niquer. Il voulait rire de la situation, mais des larmes coulèrent sur ses joues.

— Donne-moi ton nom et ton numéro de téléphone, dit l'infirmier qui le surveillait. Je les préviendrai dès que tu seras arrivé à l'hôpital.

— Essayez de ne pas les effrayer, demanda Denis en lui donnant toutes les informations demandées.

— Je vais faire très attention, Denis. Fais-moi

confiance et ménage tes forces.

Le personnel de l'hôpital avait été mis sur un pied d'alerte et Denis fut tout de suite pris en charge.

— Où allons-nous? demanda-t-il quand ils roulèrent la civière dans un ascenceur.

— En chirurgie. Ils vont essayer de sauver cette jambe !

CHAPITRE DIX-SEPT

Lucie aurait aimé savoir ce que Madame pensait vraiment de sa blessure et s'il y avait des chances que tout soit fini avant les auditions, mais il était difficile de lire sur son visage. Après tout, Madame n'avait pas dit que c'était sans espoir. Et si c'était le cas, alors pourquoi créer un tel climat d'urgence? Sa façon de conduire était tout simplement dangereuse. Elle dépassait les voitures sur une route étroite à deux voies, tambourinant nerveusement le volant lorsque la lumière était rouge et qu'ils ne pouvaient pas passer ou encore klaxonnant lorsque le conducteur en avant d'elles démarrait un peu trop lentement lorsque la lumière tournait au vert.

— Vous savez, Madame, dit Lucie, j'ai l'impression de vivre un cauchemar, ces cauchemars qui semblent si réels qu'on n'arrive pas à les effacer de notre mémoire même quand on est réveillé.

Madame ne répondit pas. Elle jeta un coup d'oeil à sa montre et fronça les sourcils.

— Je n'ai jamais vu autant de circulation sur cette route.

— Ce que je voulais dire, expliqua Lucie, c'est que personne ne pouvait prévoir qu'un pique-nique soit à ce point un désastre.

Madame gardait les yeux fixés sur la route et prit un virage en épingle à cheveux à toute vitesse.

— C'est fait maintenant, Lucie. Mais comment as-tu pu prendre le risque d'aller à bicyclette alors que les auditions sont si près? Denis a une voiture, non? Il y aurait eu moins de risques.

Pas s'il avait conduit comme vous, se dit Lucie, contrariée de se faire réprimander.

— La voiture de Denis doit être réparée, mais il a suggéré que l'on prenne celle d'un de ses amis.

— C'était très sensé. Pourquoi ne l'as-tu pas laissé faire?

Lucie tenta de se rappeler avec quelle joie Denis et elle avaient organisé ce pique-nique, et le plaisir qu'ils avaient ressenti de rouler à bicyclette et de respirer l'air frais et pur de ce matin de printemps.

— J'ai pensé que ce serait beaucoup plus agréable d'aller à bicyclette que d'être enfermée dans une voiture, Madame. Il faisait si beau!

Tout d'un coup, Lucie revit le piège refermé sur la jambe de Denis. Elle fut prise de nausée et se couvrit la bouche.

— Ça va, Lucie? demanda Madame en arrêtant la voiture sur l'accotement de la route. Je ne voulais pas te bouleverser. Comme tu l'as si bien dit, comment aurais-tu pu prévoir ce qui allait arriver?

Lucie essaya de ne plus penser à l'accident. Elle était suffisamment mal en point pour ne pas se torturer avec la situation de Denis.

— Vous pouvez repartir, Madame, pressa-t-elle. Ce n'était pas de votre faute. J'ai revu la scène que Denis et moi avions vécu il n'y a que quelques heures à peine. Ça a été très dur.

Elle essaya de se détendre, mais elle ne pouvait le nier plus longtemps ! la douleur montait maintenant dans toute la jambe et empirait.

— Je crois qu'il est préférable que j'aille à l'hôpital, tout compte fait.

Madame n'attendait que cela et, couvrit rapidement les quelques kilomètres qui les séparaient de l'hôpital.

Des infirmiers installèrent Lucie dans une chaise roulante et la conduisirent immédiatement en radiologie, pendant que Madame allait à la recherche de son médecin pour lui annoncer que Lucie était arrivée.

La technicienne était une jeune femme dans la trentaine, mince et très jolie, malgré l'uniforme blanc qu'elle portait. À prime abord, elle ne semblait pas être la personne idéale pour s'occuper de Lucie, mais elle fit très vite ses preuves.

— Tout est prêt pour toi, Lucie, dit-elle. Je suis désolée pour cet accident, ajouta-t-elle en l'aidant à se déshabiller et à s'installer sur la table. J'ai reçu l'ordre de prendre des radios de ta jambe droite et de ton pied droit dans toutes les positions. Il se peut que tu te sentes parfois inconfortable lorsque je vais te tourner, mais je vais faire tout ce que je peux pour limiter la douleur.

Lucie essaya de sourire à cette charmante jeune femme, mais elle n'y parvint pas.

— N'aie pas peur, Lucie. Je ne vais pas te faire de mal.

— Je n'ai vraiment pas peur des radiographies, c'est ce qu'elles peuvent révéler qui m'effraie.

Pendant que la technicienne l'installait pour prendre le premier cliché, Lucie raconta l'accident et parla de sa future carrière de danseuse.

— Je ne sais pas comment je vais le prendre si je ne peux pas me présenter à l'audition. La danse a été toute ma vie jusqu'à aujourd'hui.

La technicienne ne répondit pas, et c'était tout à fait compréhensible. Combien de fois par jour devait-elle écouter les malheurs des gens!

— En premier, regardons ce qu'on a ici. Reste bien couchée, ne bouge pas tant que je ne te l'aurai pas dit.

Elle alla derrière une porte et appuya sur un bouton.

— Tu peux bouger si tu le veux, maintenant.

Lorsque le dernier cliché fut pris, Lucie fut de nouveau installée dans la chaise roulante, une légère couverture sur ses genoux.

— Bonne chance, Lucie. Je vais penser à toi, dit la technicienne en pliant le pantalon de Lucie et en le lui tendant. Je vais développer ces clichés tout de suite. En attendant, on va te conduire à ta chambre.

— Une chambre? Quelle chambre?

— En orthopédie, au quatrième étage. Ton

médecin ira te voir dès qu'il aura étudié les radios.

Elle s'était imaginé qu'elle pourrait rentrer chez elle après avoir vu le médecin et s'y faire traiter. Il semblait plutôt qu'elle devait être hospitalisée ce qui voudrait dire qu'il y avait peu de chances que ses blessures soient mineures ou, vu sous un autre angle, qu'elles lui permettent de danser malgré tout.

— Je n'ai pas beaucoup de chances, n'est-ce pas? demanda-t-elle à la technicienne.

— On ne peut rien dire avant de savoir ce qu'il y a. Ne saute pas si vite aux conclusions. Pour l'instant, tu as vraiment besoin de repos.

— Vous devez avoir raison, dit Lucie qui se sentait épuisée.

Dans la chambre, une infirmière aida Lucie à revêtir une chemise de nuit d'hôpital et à se coucher. L'infirmière partit et Lucie essaya de se reposer un peu, mais elle en était incapable. Pas tant qu'elle n'aurait pas vu le médecin. Quand saurait-elle exactement ce qu'elle avait? Pourquoi tout le monde était parti? Personne ne se souciait d'elle? Elle aurait voulu pleurer très fort, mais les sanglots restèrent pris dans sa gorge.

Juste à ce moment, Thierry entra sur la pointe des pieds et ferma doucement la porte.

— Ils ont un règlement stupide qui dit qu'on ne peut pas faire de visite quand on veut, alors je me suis faufilé par les escaliers de secours, chuchota-t-il, de peur d'être entendu et mis à la porte. Comment tu te sens?

Lucie attira son petit frère près d'elle.

— Tu ne peux pas savoir comme je suis heureuse de te voir! Qui t'a dit ce qui était arrivé? Comment m'as-tu trouvée?

— J'allais partir au terrain de balle quand madame Nadja a appelé. Elle était si énervée que j'avais de la difficulté à comprendre ce qu'elle me disait. Elle a dit qu'elle allait te chercher pour t'amener ici et que je devais avertir papa et maman.

— Où sont-ils?

— Tu as oublié? Ils sont allés visiter grand-maman aujourd'hui, comme tous les dimanches.

— Les as-tu appelés?

— Bien sûr. Ils m'ont dit de te dire qu'ils viendraient le plus vite possible.

Elle aurait voulu serrer son frère très fort et l'embrasser, mais elle savait à quel point il en aurait été gêné.

— Comment vas-tu?

— Je ne le sais pas encore. J'attends que le docteur me le dise.

— J'espère que tu vas bien, Lucie. Tu n'as pas arrêté une minute depuis que tu as été choisie pour les auditions. Que vas-tu faire si tu ne peux pas te présenter?

Lucie ferma les yeux. Ça prenait un enfant comme Thierry pour dire directement ce qu'il pensait et il méritait une réponse honnête.

— Je ne sais pas, Thierry. Je crois que je voudrai mourir.

CHAPITRE DIX-HUIT

Lucie s'assit dans son lit d'hôpital, les jambes étendues bien droites devant elle. Ses parents tentaient de la réconforter. Elle ne les écoutait que d'une oreille. Peu de temps après avoir entendu le verdict du docteur, madame Nadja partit, ou plutôt s'envola. Lucie comprenait pourquoi elle avait été si brusque. Elle ne pouvait manifestement pas supporter la vue de la cheville blessée et bandée, hors d'usage.

— Je te donnerai des nouvelles, Lucie, avait-elle dit. Puis elle avait rapidement salué les parents de Lucie et avait quitté la pièce.

L'orthopédiste revint avec des bandages.

— Tu t'es étiré un tendon de la cheville, expliqua-t-il en serrant le bandage, c'est-à-dire que les fibres qui attachent le muscle à son point d'origine ont été étirés comme un élastique et on doit immobiliser ton pied jusqu'à ce qu'ils se replacent.

Lucie ne demanda pas au docteur combien de temps cela prendrait. Quelle différence cela ferait? De toute façon, elle ne pourrait pas se présenter à des compétitions de sitôt et toutes ses années d'entraînement, d'efforts et de rêve s'envolaient, comme l'air d'un ballon.

— On ne peut rien faire pour les deux orteils

fracturés, dit encore le docteur. Ils guériront par eux-mêmes, mais ça prendra aussi du temps.

À son arrivée à l'hôpital, ses orteils avaient changé de couleur et les radiographies avaient tout simplement confirmé le diagnostic du médecin. Lucie pensa à sa jolie paire de pointes qu'elle avait achetées pour le jour des auditions. Elle les avait soigneusement cassées pour cet événement. Maintenant, elle n'avait plus qu'à les suspendre au fond de son armoire.

Elle voulait que le docteur s'en aille au plus tôt, mais il n'en finissait plus de remplir le dossier.

— Un tendon étiré comme celui-ci démontre une effort musculaire inhabituel, Lucie. Peux-tu bien me dire ce que tu as fait?

Ses parents étaient toujours à ses côtés. Ils n'avaient pas osé la bousculer.

— Oui, ma chérie, s'empressa de demander sa mère. Comment tout ceci est arrivé?

Lucie tourna la tête et ferma les yeux. Pas maintenant. Ne se rendaient-ils pas compte que tout ceci n'avait plus aucune importance? Elle pensait tout simplement qu'elle aurait peut-être dû se préoccuper un peu plus d'elle que de Denis. Elle ne savait plus. Bien sûr, elle serait allée chercher du secours, il n'y avait aucun doute là-dessus, mais la police n'aurait-elle pas pu être prévenue un peu plus tard? Si elle avait marché le long de la route, elle serait peut-être arrivée suffisamment tôt chez tante Jeanne. Si seulement elle avait réfléchi au lieu de paniquer! Si! Si! Quelle importance ça avait de ressasser les choix qu'elle avait faits? Ce n'était manifestement pas les bons choix pour elle. Elle avait fait tout ce long cheminement pour arriver enfin à son but et maintenant, ça aurait pu aussi bien ne jamais exister. Madame était partie dès qu'elle avait su qu'il était impossible de réparer les dégâts.

— Parle, Lucie! s'exclama son père qui commençait à perdre patience. Ne crois-tu pas qu'on a le droit de savoir ce qui s'est passé?

— Je ne veux pas en parler, papa.

— La journée a été dure, expliqua gentiment le docteur. Elle ira beaucoup mieux dans quelques jours. Je vais lui faire administrer des médicaments qui l'aideront à dormir. Elle aura plus envie de parler après une bonne nuit de sommeil.

Quand il partit, une infirmière entra avec un repas chaud qu'elle posa près du lit de Lucie.

— Je me fiche de la nourriture. Pourquoi ne me laissez-vous pas toute seule?

L'infirmière enleva les couvercles des plats.

— Ça sent bon non? dit-elle. Pourquoi ne veux-tu pas goûter à la soupe?

Lucie repoussa le plateau et la soupe déborda sur le poisson et le dessert. Elle aurait voulu prendre le plateau et le jeter par terre de toutes ses forces. Ou mieux encore, lancer chacun des plats contre le mur comme, lui avait expliqué Madame, font les Russes qui jetaient leur verre après avoir porté un toast à quelqu'un. Pourquoi ses parents ne partaient-ils pas plutôt que de la dévisager comme ils le faisaient, les yeux remplis de pitié? Elle n'en avait rien à faire de leur pitié ou de leur sympathie. Quel genre de consolation pouvaient-ils, eux ou n'importe qui d'autre, lui offrir?

On est tellement désolé, Lucie, que tu aies nourri un rêve et qu'il se soit brisé en mille morceaux comme ces verres.

— Je pense qu'on va partir, Lucie, dit enfin sa mère. Comme le docteur l'a dit, tu seras plus toi-même demain matin.

Elle fit un signe de tête et les regarda partir ces chers parents pleins de bonnes intentions, mais qui comprenaient si mal ce qu'elle ressentait.

Tu seras plus toi-même! Quel moi-même? Depuis l'âge de dix ans, elle avait deux moi. Le moi d'une jeune fille normale, en santé, une jeune fille appliquée, bien élevée, une soeur attentive, une amie dévouée, et l'autre moi très secret, celui qui la nourrissait, un moi fait de rêves. Ce moi l'isolait de la routine de tous les jours et exigeait d'elle la perfection. Et elle avait permis à ce moi de faire surface.

Je vais me présenter aux auditions, et je vais gagner!

Oui, elle était très bonne! Elle le savait. Madame aussi le savait. Et les juges des auditions le sauraient, eux aussi. Tout le monde l'avait prévenue, pour son bien il va de soi, que c'était de la folie de viser si haut.

L'infirmière lui apporta le médicament prescrit par le médecin.

— Avale ces pilules, elles t'aideront à dormir, dit-elle. Elles tuent aussi la douleur.

Lucie avala les pilules.

— Dites-moi, garde, est-ce qu'elles tuent aussi les rêves?

L'infirmière replaça les oreillers et tira les draps.

— Quelle étrange question! N'aimes-tu pas rêver?

— D'habitude, oui. Mais plus maintenant. Plus jamais.

Lucie ferma les yeux et attendit de sombrer dans le sommeil, un profond sommeil, si profond que peut-être, avec un peu de chance, elle ne se réveillerait plus.

— Il est dans la salle de réveil, dit le chirurgien aux parents de Denis, et il ne sera pas dans sa chambre avant une bonne heure.

— Vous avez pu sauver sa jambe? Il pourra s'en servir normalement? demanda la mère de Denis pour la troisième fois.

Le chirurgien tira une chaise jusqu'à elle et lui prit la main. M. Gauthier vint près de sa femme. Ils étaient très inquiets.

— Mme Gauthier, dit le chirurgien en mesurant chacun de ses mots pour qu'elle comprenne bien. Je sais que votre mari et vous avez subi un choc, mais s'il vous plaît, écoutez-moi bien. La jambe de Denis a vraiment été déchiquetée, et votre fils a perdu beaucoup de sang. Heureusement, aucun vaisseau sanguin principal n'a été sectionné. On a pu désinfecter la plaie comme il faut et réparer la plupart des dommages.

— Et qu'en est-il des dommages que vous n'avez pas pu réparer? demanda le père de Denis. Cela veut-il dire qu'il devra marcher en boitant?

— Pas nécessairement, Monsieur. La nature peut souvent pallier de diverses façons quand la chirurgie ne peut pas tout réparer, et le processus de cicatrisation peut rétablir le mouvement complet de la jambe.

Madame Gauthier prit une grande respiration et regarda le mouchoir qu'elle n'arrêtait pas de tordre dans son sac à main.

— Combien de temps restera-t-il couché, docteur? Il ne lui reste plus grand temps avant le début du semestre.

Le chirurgien sourit.

— Je pense que Denis, si l'on tient compte de son jeune âge et de sa bonne santé, s'en tirera beaucoup mieux que n'importe lequel d'entre nous. Je dirais même qu'il pourra se déplacer de lui-même bien avant le début des classes.

— C'est tellement bête que ça lui arrive à lui, dit-elle en secouant la tête. Mais je sais que ça aurait pu être pire.

Le chirurgien était venu leur donner des nouvelles tout de suite après l'opération qui avait duré trois heures, et il aspirait à un repos bien mérité, mais il répondit à la remarque de madame Gauthier avant de partir.

— Il a eu sa part de chance, lui aussi. Si ça n'avait pas été de sa petite amie, je ne crois pas que Denis s'en serait tiré à si bon compte.

Les parents de Denis ne connaissaient pas toute l'histoire. Ils savaient juste que l'équipe d'urgence de la police avait amené Denis à l'hôpital.

— Que voulez-vous dire? demanda monsieur Gauthier. Que vient faire Lucie Richard dans cette histoire?

— Beaucoup! En trouvant du secours si rapidement, elle a empêché qu'il y ait d'autres complications sinon, votre fils aurait sûrement perdu sa jambe. Et maintenant, ajouta-t-il, je dois vraiment m'en aller.

Monsieur et madame Gauthier ne savaient pas comment exprimer toute leur gratitude au chirurgien et, quand celui-ci fut parti, ils retournèrent attendre Denis dans sa chambre.

— Je me demande où est Lucie, dit madame Gauthier. Ne trouves-tu pas ça un peu étrange qu'elle n'ait pas donné signe de vie?

— Ne t'énerve pas. Lucie a dû rentrer chez elle pour se reposer un peu. Elle a eu une rude épreuve, elle aussi, aujourd'hui.

— Il faudra la remercier pour ce qu'elle a fait. D'après le docteur, elle s'est conduite d'une façon remarquable. Je pense que nous devrions lui offrir un superbe cadeau pour lui montrer notre reconnaissance.

— Doucement, répéta monsieur Gauthier. On aura tout le temps d'y penser un peu plus tard.

Denis arriva dans sa chambre plus tôt que prévu. Deux infirmiers le couchèrent dans son lit et une infirmière lui installa une perfusion et resta quelques instants à son chevet.

— Tes parents sont ici, Denis. Ils ont la permission de rester quelques minutes, mais ne saute pas trop sur ta jambe. Ce ne serait pas une très bonne idée !

— Humour professionnel, marmonna Denis. Bonjour maman ! Bonjour papa !

— Les parents de Denis s'assirent de chaque côté du lit, et le peu d'optimisme qu'ils avaient s'évapora. Denis était aussi blanc que les draps. Ses cheveux frisés étaient collés et ses lèvres sèches et craquelées. Mais, ce qui était le plus dur, c'était le regard terrifié qu'il avait, comme celui d'un animal traqué.

— Le chirurgien a dit que tu serais sur pied pour la rentrée, dit son père.

— Tout cela a dû être horrible, enchaîna sa mère en l'embrassant sur le front. Mais c'est fini, mon chéri, et il ne restera bientôt aucune trace de tout ceci.

— Je l'espère, maman.

Cependant, Denis en doutait. Même quand on lui avait administré un anesthésiant, il revoyait les mâchoires d'acier sur sa jambe et, quelque part, une personne hurlait sa peine et appelait au secours. Il n'avait jamais fait de rêves aussi horribles.

— Où est Lucie? demanda-t-il. Elle n'est pas

revenue avec les autres… Ah oui ! Je me rappelle maintenant. Laure m'a raconté une histoire… qu'elle était trop bouleversée, je crois. Elle et Christian avaient alors décidé de guider les policiers jusque vers moi.

Comme toute cette histoire sonnait faux ! Il manquait des éléments, il en était certain.

L'infirmière passa la tête dans l'embrasure de la porte.

— Les visites sont terminées. Notre malade a besoin de repos.

Encore un peu nébuleux, Denis essaya d'analyser pourquoi il n'était pas satisfait de l'explication qu'on lui avait donnée au sujet de l'absence de Lucie. Même en étant fatiguée et bouleversée, elle était la seule à savoir où il était réellement. De plus, elle avait dit qu'elle reviendrait avec du secours. Alors pourquoi ne l'a-t-elle pas fait? Quelque chose lui était-il arrivé? S'était-elle blessée? Il ne devait pas avoir des pensées aussi noires. Il en avait eu assez pour la journée. Lucie viendrait le voir demain, il en était sûr.

CHAPITRE DIX-NEUF

Le lendemain matin, lorsque la sédation post-opératoire ne fit plus aucun effet, Denis apprécia le confort et le bien-être qui l'entouraient. Après ce qu'il avait vécu la veille, c'était pour lui le bonheur suprême que d'être baigné, dorloté, nourri et, plus que tout, de savoir qu'il passerait sûrement sans problème à travers cette rude épreuve. La douleur était toujours là, mais tellement plus supportable... et si elle augmentait, il y avait ces petites pilules à portée de la main.

De temps à autre, il soulevait sa couverture pour regarder sa jambe bandée. Il pouvait la toucher, donc elle était encore là, bien vivante. Le chirurgien était venu lui rendre visite. Il lui avait expliqué qu'il ne savait pas encore s'il allait recouvrer l'usage complet de sa jambe, mais ce n'était pas cher payé.

— Je ne pense pas que je vais boiter, docteur, avait répondu Denis. Je suis fort comme un cheval et je me suis toujours parfaitement remis de mes blessures.

— Tu as probablement raison, Denis. Mais prépare-toi tout de même à accepter cette éventualité. On ne sait jamais !

— Je le ferai !

Après tout, Denis pensa qu'il n'avait jamais prévu devenir un grand athlète. Il voulait devenir médecin et acquérir la compétence nécessaire pour sauver des vies et aussi éviter des amputations tout comme l'avaient fait les médecins de l'équipe d'urgence et le chirurgien. Cet accident avait renforcé sa décision d'étudier en médecine. Et ce qui était le plus important, c'était qu'il prendrait bientôt sa vie en main plutôt que de la perdre comme il l'avait cru.

Il devait tant à Lucie! Il pensa qu'elle viendrait probablement le voir l'après-midi, aux heures de visite.

Sa mère vint comme prévu avec un amoncellement de journaux et du jus d'orange frais.

— Je sais que tu ne peux pas en avoir, ici, dit-elle en commençant à tout ranger autour d'elle. Plus tard, quand tu pourras t'installer dans une chaise roulante, je t'apporterai ta robe de chambre et des pyjamas.

Elle bavardait sans cesse et Denis la regardait affectueusement.

— Quand vas-tu t'arrêter de faire le ménage et prendre le temps de discuter un peu avec moi?

Elle sourit d'un air penaud et vint s'asseoir près du lit.

— Il m'arrive de me laisser emporter. As-tu bien dormi? Tu as l'air d'aller tellement mieux!

— Je suppose que je devais avoir un air affreux hier.

— N'y pensons plus. Tu ne peux pas t'imaginer

combien de voisins et d'amis ont appelé hier soir pour prendre de tes nouvelles!

— Les nouvelles vont vite! s'exclama Denis en riant. Est-ce que Lucie a appelé? Il ne m'est pas permis d'avoir de communications téléphoniques pour un jour ou deux; elle n'a donc pas pu me rejoindre.

Sa mère se leva, marcha jusqu'à la fenêtre et commença à jouer avec les rideaux.

— Non, elle n'a pas téléphoné, dit-elle en lui tournant le dos.

— Elle doit préférer venir prendre des nouvelles elle-même.

— Denis, dit sa mère en s'assoyant de nouveau, j'ai bien peur d'avoir de mauvaises nouvelles pour toi. Promets-moi de garder tout ton calme.

— Qu'est-ce qu'il y a, maman? C'est au sujet de Lucie?

Elle lui raconta la conversation qu'elle avait eue avec madame Gauthier.

— La mère de Lucie doit reconstituer le casse-tête entre ce que Laure, Christian et la tante de Laure lui ont raconté. Lucie était trop bouleversée pour en parler.

— Bouleversée? cria Denis. Il n'y a pas de mot pour expliquer ce qu'elle doit ressentir. Tu te rends compte de ce qu'elle a fait? Elle est entièrement rayée des auditions! Et tout ça par ma faute!

— Elle n'a vraiment pas eu de chance, mais ce n'était pas de ta faute, Denis. Ne le prends pas comme ça!

— Alors à qui la faute? Celle de Jeff parce qu'on le croyait perdu et qu'on est allé à sa recherche? Peux-tu jeter le blâme sur un chien pour un tel désastre?

— Lucie a fait ce qu'elle devait faire, ce que toute personne sensée aurait fait en de telles circonstances.

— Mais à quel prix! Est-ce que c'est juste? Ça ne m'étonnerait pas qu'elle ne veuille plus rien savoir de moi, maintenant. Elle doit être déchirée. Comment pourra-t-elle me le pardonner?

Lucie avait passé une nuit avec des hauts et des bas. Elle ne pouvait que la comparer à un voyage d'avion qu'elle avait fait... au moment où le pilote avait annoncé qu'ils traversaient une zone de turbulence. Peu de temps après, par contre, l'avion s'était stabilisé pour le reste du vol.

Elle se réveilla beaucoup plus calme et en paix avec elle-même. Enfoncée dans ses oreillers, elle repassa tous les événements de la veille qui l'avaient conduite à une si grande déception. Même si elle en avait le coeur brisé, elle dut admettre que ce n'était pas la fin du monde pour elle. Bien des gens vivaient dans des conditions cent fois pires que la sienne et ils trouvaient le courage de foncer.

Elle s'était étiré un tendon et cassé deux orteils, et alors? Les blessures de Denis étaient autrement plus graves. Il aurait pu être estropié pour le reste de sa vie, se rappelant toujours de ce moment de sa vie où il était tombé dans un piège. Après avoir constaté qu'il était dans une situation désespérée, elle s'était assurée de lui envoyer de l'aide et elle l'avait chassé de ses pensées pour ne penser qu'à elle.

— Ce n'est pas ce que tu as fait de mieux dans ta vie ! murmura-t-elle pour elle même.

Lucie appela l'infirmière et lui demanda comment téléphoner à un autre malade de l'établissement.

— Tu appelles les renseignements et tu demandes le numéro de la chambre.

— Pourquoi n'y ai-je pas pensé? demanda Lucie en souriant. On vous pose souvent des questions aussi stupides?

— Je suis contente de voir que tu te sens mieux, répondit l'infirmière en souriant. Tu étais prête à me sauter dessus, hier soir.

— Ce n'était pas dirigé contre vous.

— Je le sais. C'est vraiment triste que tu te sois blessée maintenant, mais…

— Ça aurait pu être beaucoup plus grave… je suppose.

— C'est comme ça qu'il faut le voir !

Lucie demanda le numéro de téléphone de la chambre de Denis, le composa… Aucune réponse. Elle craignit le pire. Pourquoi n'était-il pas dans sa chambre? Après tout, elle n'avait pas demandé de ses nouvelles à qui que ce soit ; elle ne connaissait donc pas l'état dans lequel il était. Elle prit le téléphone de nouveau, mais qui pouvait-elle bien appeler? Ses parents, ou du moins sa mère étaient probablement dans sa chambre avec lui. Il était donc hors de question de les appeler. Mais pourquoi ne pas aller voir d'elle-même? Elle rejeta la couverture et voulut descendre du lit. Une douleur aiguë la rappela à l'ordre. Elle ne pouvait ni se lever ni marcher seule. Quelle frustration !

Cela ramena à la surface sa blessure profonde d'être confinée au lit alors qu'elle devrait être au meilleur de sa forme pour passer les auditions. Des larmes coulèrent sur ses joues, mais elle les essuya du revers de la main. *Ça suffit !* se dit-elle. *C'est fini ! Terminé ! Fini à jamais ! Alors, arrête de pleurnicher !*

Elle pensa à Denis. Comment pouvait-elle aller le voir? Elle allait appeler l'infirmière quand Laure et Christian arrivèrent, comme par enchantement.

— Je suis si contente de vous voir, leur dit Lucie.

Ils échangèrent quelques paroles et Lucie leur demanda de la conduire auprès de Denis.

— Allez chercher une chaise roulante, s'il vous plaît, et dites à l'infirmière que vous m'amenez voir Denis. Je ne crois pas qu'il y ait d'inconvénients à cela.

Pendant que Christian prenait la situation en main, Laure déposa un bouquet de fleurs sur la table de chevet.

— Comment te sens-tu, Lucie? demanda-t-elle. Je veux dire de savoir que tu ne pourras pas te présenter à l'audition? Ça ira?

— C'est horrible, Laure, plus difficile à accepter que tout ce que j'ai vécu jusqu'ici. Je me sens blessée. Mais je vais passer au travers. Quel autre choix ai-je?

— Je suis fière de toi, lui dit Laure en l'embrassant. Tu es vraiment merveilleuse !

— Mais pas comme je voudrais l'être, dit Lucie avec aigreur. Merci quand même.

Christian revint avec la chaise roulante. Avec l'aide de Laure, il installa Lucie et recouvrit ses genoux d'une légère couverture. Lucie leur demanda sa trousse de maquillage et se mit un peu de rouge aux lèvres. Elle leur dit dans quelle chambre était Denis et ils partirent dans les couloirs de l'hôpital.

CHAPITRE VINGT

Laure et Christian mirent la chaise roulante près du lit de Denis, lui dirent combien ils étaient contents de voir qu'il s'en sortirait et se retirèrent discrètement.

— On reviendra chercher Lucie dans environ une demi-heure, dit Laure en sortant.

La mère de David accueillit Lucie et prétexta avoir envie d'une tasse de café pour s'esquiver à son tour et rejoindre Christian et Laure dans la salle d'attente.

Lucie et Denis se regardèrent longuement. Plusieurs minutes passèrent avant qu'ils ne décident de parler. Et quand ils le firent, ça leur rappela leur première rencontre à la fourrière quand ils s'étaient mis à parler en même temps, s'étaient arrêtés et avaient recommencé encore en même temps.

— C'est mon tour, dit Denis en serrant la main de Lucie dans les siennes. Tu ne peux pas savoir comme j'espérais que tu viennes, Lucie. Mais quand j'ai su ce qui t'était arrivé, je n'y comptais plus. Je pensais que tu ne voudrais plus jamais me voir.

C'était le temps de dire la vérité. Il n'y avait pas de place pour les politesses.

— Au début, je pensais que je ne voudrais plus te voir. Je ne pensais qu'à moi.

— C'est normal. J'aimerais pouvoir faire quelque chose ou dire quelque chose qui pourrait te rendre les choses plus faciles, Lucie. Mais je sais qu'il est inutile d'essayer.

— Tu as raison. Et je vois bien que toi, tu ne me dis pas que ça aurait pu être pire, comme tout le monde. C'est sûr! Mais ça ne veut pas dire que je peux tourner la page sur mes espoirs et sur mes rêves juste comme ça! Il ne tient qu'à moi, cependant, de trouver comment tirer profit de tout ceci.

— Lucie, dit doucement Denis, il n'est pas possible que tu reconsidères les choses? Il y aura peut-être d'autres auditions l'an prochain et tu pourras te présenter de nouveau.

— Non. C'est impossible. Je ne pense pas qu'un jour, je pourrai atteindre encore le même niveau d'excellence. Ce n'est pas juste de la technique, tu sais. Il y a beaucoup plus que ça. Je ne pourrai plus jamais avoir les même rêves et y croire vraiment. Écoute, Denis, ce qui découle de tout ça, c'est que j'ai eu une chance dans ma vie et que je l'ai perdue.

— Pour me venir en aide, ajouta Denis.

— Arrête de jeter tous les blâmes sur toi, Denis, dit-elle sévèrement. Ça ne changera pas les choses. Je *devais* faire ce que j'ai fait. Peut-être que si j'avais moins paniqué, je n'aurais eu aucun accident. Mais j'ai paniqué, et c'est tout.

— Tu me pardonnes vraiment?

— Te pardonner quoi? De t'être fait prendre dans un piège? D'avoir tant souffert? S'il te plaît, Denis, arrête de te ronger les sangs. On n'a pas eu de chance, et c'est tout. Et maintenant, dis-moi comment *tu* vas.

Denis n'en voulait pas à Lucie d'être si dure. Il pouvait lire dans ses yeux et dans sa voix la lutte qu'elle menait pour s'obliger à accepter sa situation.

— Lucie, commença-t-il, en cherchant ses mots pour bien lui faire comprendre à quel point elle était importante pour lui.

— Je t'ai demandé comment *tu* allais. Rappelle-toi, je ne sais toujours pas comment se porte ta jambe.

— Ça devrait aller. Peut-être pas à cent pour cent, mais presque. Le chirurgien a dit à mes parents que si tu n'avais pas agi comme tu l'as fait et aussi rapidement, j'aurais perdu ma jambe.

Lucie tourna la tête, se rappelant son hésitation quand elle risquait de se blesser.

— Parlons-en de la culpabilité, Denis! Sais-tu que, pendant un moment, j'ai hésité à prendre la route la plus rapide parce que j'avais peur?

— Je peux le comprendre.

— Me l'aurais-tu pardonné, Denis? L'aurais-tu fait? insista-t-elle.

Il savait qu'elle attendait une réponse franche.

— Je ne le pense pas, Lucie. C'est tout de même la perte d'une jambe!

— Quand elle aurait pu être sauvée! dit-elle.

Ç'aurait été absolument impardonnable. Ce que moi j'ai perdu n'a rien à voir.

— Mais tu sais à quel point je suis désolé, n'est-ce pas, Lucie?

— Je suis sûre que tu l'es.

Un long silence suivit. Ils s'étaient tout dit. Laure et Christian arrivèrent à leur grand soulagement et la mère de Denis fit remarquer qu'il était temps que les deux malades se reposent un peu.

— Lucie, ma chérie, dit-elle, comment pouvons-nous assez te remercier pour ce que tu as fait?

— Savoir que Denis sera encore lui-même est tout ce dont j'ai besoin, madame Gauthier.

Denis avait l'air fatigué et, à la façon dont il bougeait, on sentait qu'il avait mal. Lucie voulait se reposer, elle aussi. Sa cheville lui faisait mal.

— Au revoir, dit-elle en touchant la main de Denis. Je vais probablement rentrer chez moi demain, mais j'essaierai de venir te rendre visite.

— Quand tu veux, Lucie. Tu sais que je veux te voir. Guéris vite!

En retournant à sa chambre, Lucie se rappela la conversation qu'elle avait eue avec Denis et elle se demanda si leur relation serait comme avant. Elle décida que non. Soit que cet accident les rapproche, soit qu'il les éloigne. Seul le temps pourrait le dire.

Madame Nadja attendait Lucie et, avec ses manières pressantes, elle renvoya Laure et Christian.

— Vous comprendrez, dit-elle, que je veuille

rester seule avec Lucie. Je dois lui parler de choses qui sont de la plus grande importance.

— Bien sûr, dit Laure, nous comprenons.

Elle lança un regard à Lucie et vit qu'elle était soudain très tendue.

— Tu es d'accord que l'on parte maintenant, Lucie?

Lucie fit signe que oui, mais ses yeux restaient rivés sur Madame qui se déplaçait continuellement dans la chambre.

Christian sentit cette tension dans l'air, lui aussi.

— Si je t'aidais à sortir de cette chaise roulante, dit-il. Tu pourrais t'appuyer sur mon bras et je te porterais dans ton lit.

— D'accord, Christian, dit Lucie en levant les bras pour qu'il puisse la soulever.

Lucie s'enfonça dans ses oreillers.

— Au revoir vous deux, dit Lucie. Vous viendrez me voir quand je serai à la maison.

Madame avait une profonde compassion pour sa «brillante jeune étoile». Elle avait su au premier coup d'oeil que Lucie ne pourrait pas se présenter aux auditions. Et si elle avait traité son cas comme s'il s'agissait d'une urgence, c'était tout simplement parce que si la blessure n'avait pas été soignée immédiatement, Lucie n'aurait peut-être plus jamais dansé.

Lucie ne pouvait pas savoir ce que pensait vraiment Madame.

— Je vous ai déçue, Madame, lamentablement déçue.

149

— C'est ridicule, Lucie. Il est certain que je suis triste que tu ne puisses pas participer aux auditions cette année.

— Cette année? répéta Lucie. Quelles autres années y aura-t-il? Je suis finie. Je ne pourrai plus jamais danser.

— *Tu danseras!* dit Madame avec force. Tu danseras encore parce que la danse est devenue une partie de toi que tu ne peux pas abandonner.

— Comment pourrais-je? protesta Lucie. Comment pourrais-je faire de nouveau des pointes? Comment ma cheville pourra-t-elle encore supporter mon poids? Même si elle guérit bien, elle restera toujours trop faible pour soutenir toute cette pression.

— Écoute-moi, Lucie, dit Madame en faisant un signe de la main. J'ai dit que tu danseras et il y a encore l'an prochain. Un danseur ne doit pas s'apitoyer sur son sort. On danse malgré les blessures. Tu devrais savoir que l'autodiscipline est la base d'un danseur.

— Mais…, dit Lucie d'une voix rauque.

— Il n'y a pas de mais, répliqua Madame. J'ai pris un rendez-vous avec un physiothérapeute qui s'occupe de danseurs depuis longtemps. Il devrait arriver d'une minute à l'autre.

Le physiothérapeute arriva et Lucie l'aima tout de suite. Il devait avoir l'âge de son père et lui inspirait confiance. Il traita Madame comme une grande amie et, sans perdre de temps, se tourna vers Lucie.

— J'ai examiné tes radiographies, Lucie, et j'ai rencontré ton orthopédiste. J'ai de bonnes nouvelles pour toi.

— Ça ne fera pas de mal, répondit Lucie en respirant profondément.

— Quand le processus de cicatrisation sera terminé, continua-t-il, et que tu suivras des sessions de physiothérapie, si tu es très sérieuse, on pense que tu pourras encore danser.

— Sans limites? demanda Lucie incrédule.

— Juste celles que tu inventeras, dit-il les yeux pleins de malice.

Quand ils furent partis, Lucie repensa à toutes ces années de danse. Elle dansait pour exprimer ses sentiments et ses pensées à travers le mouvement et pour trouver ce qu'il y avait d'unique en elle. Elle avait eu tant de satisfaction. Madame avait raison. Elle savait qu'elle ne pourrait jamais abandonner.

— *Je danserai*, dit-elle tout haut. *Et c'est vrai, il y a encore l'an prochain!*

Et il y avait Denis. Quelque chose de spécial avait été renforcé entre eux. Quelque chose qui devait être suffisamment fort pour les aider à surmonter leurs problèmes. Elle l'appellerait demain. Ce serait un nouveau départ et ils trouveraient ensemble ce qu'ils avaient presque perdu.

ACHEVÉ D'IMPRIMER
EN MAI 1988
SUR LES PRESSES DE
PAYETTE & SIMMS INC.
À SAINT-LAMBERT, P.Q.